ふたり、この夜と息をして

北原一

ポプラ社

まばゆくなくても灯りがある
照らされている
足元も見えないくらい微《かす》かに、確かに

写真　神木隆之介
装丁　bookwall

ふたり、この夜と息をして

1

潜水艦《せんすいかん》がゆっくりと浮上するかのように、意識が覚醒し始める。

夕《ゆ》作《さ》は重いまぶたをこすりながら布団を払い、右手を頭の横で右往左往させてなんとかスマホを探り当てた。アラームが鳴り始める前に目覚ましのアプリを切って、立ち上がり寝室を出る。

一階で寝ている祖母を起こさないようにゆっくり歩いても、木造の廊下はそんなこと気にも留めずに音を鳴らす。真っ暗な階段を下り、居間を通って洗面所に入ると、窓から差す薄明かりを頼りに蛇口を捻り顔を濡らす。前髪が変な形の束になって、額にくっつくのがいつもストレスになっている。泡立てた洗顔料で顔を包み込み、洗い流して前髪ごとがしがしと顔を拭《ぬぐ》った。

ふーっと息を吐いて洗面台の傍にあるスイッチをいれると、繊細にガラスを叩くような音を立てて黄色味がかった明かりが灯る。

狭い暗がりの中に、ぼんやりとした立ち姿がぽつんと浮かび上がる。確かめるように数回まばたきをし、夕作は洗面台に両手をついて儀式的に自分の姿を見つめた。

まだ幼さを残す顔立ちに、朱色の痣《あざ》が浮かぶ。顔の左側の頬から左目にかけてと、額にも少し。生まれつきのそれは、まるで塗り誤った絵の具のように白い肌に定着し、色あせることなくそこにあり続ける。

小さく息を吐いて、棚に置いた小さな化粧ポーチからファンデーションとコンシーラーを取り出し、慣れた手つきで痣のある場所を丁寧に隠してゆく。

バイトの制服のポロシャツとジーパンに、紺色のウィンドブレーカーを羽織って家を出た。五月の夜はまだ少し寒い。近くに小さな川が流れているから、早朝になると霧も出る。

街灯がまばらにアスファルトを照らしている。一つ一つが夜の海に浮かぶ小島のようだ。切れたものから適当に業者が入れ替えているのか、白い色のものとオレンジ色のものが入り交じっていて統一感がなく、どれがいつ消えてもおかしくない。遠くに灯るコンビニの青白い光を、妙に心強く感じる。

夕作はウィンドブレーカーのファスナーを胸まで引き上げて、ギシギシと大袈裟《おおげさ》に軋む自転車を漕ぎ出した。アパートの前の通りを真っ直ぐ百メートルくらい走って、何度か角を曲がると大通りに出る。つい最近工事があって新しい道が開通したからか、こんな時間でもそれなりに車が走っている。

それまではこの時間の信号機なんてあってないようなものだったが、車が増えだしてからようやく役割を果たし始めた。

たまに押しボタン式であることを忘れて五分くらい待ちぼうけしてしまうこともあり、そんな日は信号機の赤い人型にバカにされているように感じて、妙に嫌な気分になる。

横断歩道を渡って道沿いにしばらく進むと、煌々《こうこう》と灯りのついた新聞販売所に着いた。従業員用の駐輪場に自転車を止め、磨《す》りガラスのドアをカラカラと鳴らして中へ入る。

「はよざいます」

「うす」

先に着いていた先輩たちと、適当な挨拶を交わす。しばらくすると印刷所からトラックが到着し、運びこまれた朝刊にてきぱきとチラシを差し込む。

仕事中、バイト同士ではあまり会話がない。働き始めてまだ二ヶ月ほどだが、淡々と仕事をする空気は楽で気に入っていた。

「揃ったので出発します」

年長のバイトが声をかけると、ジャージの腹をパンパンに膨らませた中年の販売所長が、届いたばかりの朝刊に目を落としながら、返事ともうめき声ともつかない低い声で唸《うな》る。

販売所を出て各々がバイクに跨《またが》り、何人かが一斉にエンジンをかける。音だけ聞いているとまるで暴走族のようだ。

販売所からしばらく走ると、大きな交差点でみんな散り散りになる。一人で、夜の澄んだ空気の中を走るのは好きだ。住宅街に入ると他の車の音も消えて、世界で起きているのは自分だけなんじゃないかという気がしてくる。いっそ、このまま誰も起きなかったらどうなるだろうと、危ないことを考えてみたが、少し妄想して、馬鹿馬鹿しくてすぐに忘れた。

一時間半あまりで新聞を配り終えて、販売所に帰ってくる。仕事が終わった達成感と、もうすぐ夜が終わってしまう寂しさを飲み込む。「上がります」と小さく挨拶して自転車に跨ると、販売所長が「あー、夕作君まってまって」とのそのそ歩いてきた。

「はい」

「ちょっと中戻ってきて」

スタンドを立て直して所内に戻ると、所長が作業机に地図を広げていた。

「明日から、ちょっと担当区画増えるから。ほら、前に話した、道路通ったせいで色々変わるやつ。覚えてるでしょ」

「ああ」

所長はソーセージのような指でしゅるしゅると地図の上をなぞった。

「夕作君は隣町の、三丁目から五丁目まで。この辺までよろしくね」

「わかりました」

「新しい道だから、明日は三十分早めに集合でよろしく。終わりの時間ちょっと延びるけど、大丈夫？」

「大丈夫です」

「じゃあ、よろしく。お疲れ様」

「お疲れ様です」

販売所を出て、自転車のスタンドを上げて走り出す。帰り道何度か販売所に戻るバイクとすれ違い、首だけで挨拶する。

コンビニに寄って、パンとハムと牛乳を買った。レジの店員は夜勤シフトの終わり際なのかうとうとしていて、敬語なのかなんなのか判別できない言葉で対応してくる。コンビニを出て空を見上げるともう白み出していた。早朝の光は青くて暗い。

家に帰り玄関を閉めると、壁にかけられた古い姿見に映る自分と目が合う。祖母が若い頃からこの家にあるらしく、鏡面を縁取る金属の装飾は溝が錆びていてなんだか怖いので、夜中に家を出るときは見ないようにしている。

夕作はコンビニの袋をテーブルの上に置いて、一旦部屋に上がりウィンドブレーカーを脱いで横になった。祖母が起きてくるまでしばらくあるから、いつもそれまでは寝て過ごそうとするのだが、動いた直後でまともに眠れた例しはない。

天井を見上げてうつらうつらと時間を過ごしているとだんだん部屋が明るくなってく

る。

一階に下りて、コンビニで買った物をテーブルの上に広げる。冷蔵庫からきゅうりを一本と卵を二つ取り出すと、木製の戸棚から小さなガラスのうつわを出して、生卵を割り入れて細かく溶きほぐしていく。フライパンにバターを伸ばしてスクランブルエッグにする。祖母はもう八十を越えていて、自分では和食しかつくらない。普段は無口で表情も乏《とぼ》しいが、パン食を用意すると心なしか喜ぶ。

トースターでパンを焼きながらきゅうりを切っていると、居間の方で戸を引く音が聞こえた。

「ばあちゃんおはよう」

「んん」

ぼんやりした無表情で返事をしてくる祖母の頭は、細い白髪がくるくると遊んで鳥の巣のようになっている。

テーブルに着くとパンの香りに気づいたのか、少し口元が緩む。チンッと気持ちのいい音がしてパンが焼きあがった。

マグカップに牛乳を注いで、大きめのお皿に焼いた食パンとスクランブルエッグ、ハムときゅうりを盛ってテーブルに二つ並べる。

「食べよう。いただきます」

「いただきます」

祖母は食事をするとき、家であろうと店であろうと必ず手を合わせる。どうでもいいことなのだけれど、この家に来てからは夕作も真似して手を合わせるようにしている。

すでに十分日は昇っていて、電気をつけなくても窓から入る光だけで部屋の中は明るく、暖かくなる。テーブルにひだまりをつくる光線の中で舞う小さな埃《ほこり》を、口を動かしながらなんとはなしに眺めていると、ふと、祖母が不思議そうにスクランブルエッグを見つめているのに気がつく。

「まこと」

変わった匂いだね、と呟《つぶや》くように言って口に含む。すると少し驚いた顔をしてから、美味しそうに目を細める。

「バターで炒めてみたから」

梅干しのような口をもそもそと動かしながら頷き、親指を立てる。祖母は若者文化に合わせようとしてしばしばずれた行動をとる。ちょっと面白いから訂正したことはない。

ひとことふたこと会話にも満たないやりとりをすると、あとはパンを噛む乾いた音と食器の音だけが響く。時たま外から、犬や子供の声が聞こえる。

祖母が食べ終えるのを待ってごちそうさまをし、食器をまとめて席を立った。部屋に戻りドアの裏に引っ掛けたブレザーをとって着替える。

鞄を持って一階に下りると祖母が洗い物をしていた。

「ばあちゃん」

「んーん」

自分がやるからいいと言ってもやってしまうから少し困る。つい最近も腰を痛めたのだから懲《こ》りてほしい。祖母を尻目に洗面所に向かい、軽く化粧をなおす。

道具をポーチにしまって鞄に入れ、祖母に無理をしないようにと言ってから居間を出る。

靴を履いて立ち上がると、姿見に向きあって頬をじっと見つめる。胸のあたりをきゅっと摑んで、深呼吸してから祖母に声をかける。

「いってきます」

食器を洗う水音に混じって祖母の返事が聞こえた。

2

午前中は、新聞配達の反動で死んだように眠って過ごす。注意されることもあるが、特別教育熱心な先生がいるわけでもない。今日も昼休みの喧騒《けんそう》で目を覚ました。

いつも頬を擦らないように、腕を机とお腹の間に挟み、首をがっくりと前に倒して眠るから起きるとすごく首が痛い。

寝ぼけ眼《まなこ》を擦ってまわりを眺める。昼休みに教室にいるのは、クラスの半分くらいだ。大半は学食に行ったり、他のクラスに遊びに行ったりしているのだろう。

周囲の談笑でだんだんと頭が冴えてくる。眠気を覚まそうと、ぎゅうっと力強く目を閉じる。大きく息を吸い込むと、色々な食べ物の匂いが急に鼻から取り込まれて、空っぽの胃が空腹を訴えるようにへこんだ。午前中いっぱい寝ていただけでもさすがにお腹はすいてしまう。財布と午前聞いていなかった英語の教科書を持って、教室の後ろ側の扉から外に出て購買部に向かうことにした。

校舎の一階、下駄箱を抜けた所に購買がある。柱に寄りかかって、殺し合いのような人だかりが落ち着くのを待ってからカウンターに向かうと、人気の調理パンなどは売り切れていて台風前のコンビニのようなラインナップしか残っていない。カップ麺とおにぎりを買い、お湯を注ぐと屋上に向かった。といっても、屋上のドアは施錠《せじょう》されているため、その前の踊り場に腰を下ろす。

こういうところはやんちゃな生徒がたむろしたり、ゲーム機を持ってきて通信対戦するグループが占拠《せんきょ》したりしそうなものだが、清掃員の手が行き届いておらず埃臭いため、あまり人が寄り付かない場所になっていた。

窓から差す菱形《ひしがた》の光の中に座り、持ってきた英語の教科書を開いて眺める。授業中は寝続けて置いていかれている分、休み時間に遅れを取り戻さなければならない。現代文や世界史はいいとして、数学や英語は本気で頑張らないと追いつけなくなる。でも、明日からの新しい配送ルートも覚えなければならない。無表情でそんなことを考えながらカップ麺をすする。

高校二年生になって一ヶ月が経った。

三年生になれば受験勉強が本格的に始まる。生徒たちは、今が一番好きなことができる年だ。部活動に熱心な生徒はきっと今が一番打ち込める時期だし、いい大学を狙おうという生徒はこの時期から予備校に通い出したりもしている。

この高校の偏差値は、おそらく中の上くらいだろうか。強い部活はテニス部と剣道部だが、全国に行けるレベルではない。優等生ばかりでもなければ、飛び抜けた不良もいない。それから、プールがない。夕作にとってはそれが魅力だった。

大切なのは、とにかく何もないということだ。何事に対しても最低限の関与で済ませ、繋がりを持たないこと。他者や物事と密に関われば関わるほど、平穏が乱されるリスクは高まる。普段特別目立つことのない男子生徒が、化粧をしている。珍妙で話の種にしやすい話題は瞬《またた》く間に広まり、好奇の対象になってしまうだろう。それだけならまだいい。もしその化粧の下を見られたらと思うと、足がすくむ。

入学したての頃は、本当にちょっとしたことで周囲に痣がばれるんじゃないかと、日々綱渡りをするような心境で生活していた。今もそうだが、一年間うまくやれていたという自信があるから心は落ち着いている。

静かに暮らしたかった。凪《な》いだ海のようにどこまでも何もない、透明な三年間を送りたい。

午後の授業が終わればまっすぐに家に帰る。数週間後には中間試験があるので、部屋に上がったら夕飯ができるまでは眠気を我慢して勉強した。

祖母と夕食をとった後に洗い物を済ませて、スマホで今朝撮った新しい配達区画の地図を見る。

今回増えた区画と今まで担当していた区画を足すと、だいたい一・二倍ほどだろうか。大した量ではないし、夜の時間が増えることは苦ではない。

シャワーを浴びて歯を磨き、早々に布団に入った。

アラームの一音目で起きた。三十分早いとさすがに眠い。布団から這い出してフラフラと立ち上がり、冷たい水道水で顔を洗うと段々意識がはっきりしてくる。軽く寝癖がついているが、直していたら遅刻しそうだ。

ポロシャツとジーパンに、紺色のウィンドブレーカー。いつもの格好で家を出る。

大通りに出ると、普段より車の通りが少ない。赤く光って仁王立ちする信号を無視してやると、ちょっと気分が良かった。

少し早いだけでこんなに違うんだな、とどうでもいいことを考えながら販売所に向かう。自転車を止めて所内に入ると、もうほとんどの配達員が集まっていた。スマホをいじって時間を潰していると、残りの配達員たちも揃い、「じゃあ、真ん中の机集まってー」という所長の号令で全員で机を囲み、地図を見下ろす。

「昨日軽く説明したけど、今日から担当してもらう配達区画が増えるので。道に迷わないようにね。とりあえず今日一日やってみて」

所長がこれ回して、と言い、地図のコピーが回される。

「それぞれの担当の場所、マーカーで囲んであるから。間違えないように」

「皆もし朝の予定とか昼の職場に影響があるようだったら、配置を考え直したりもするので。随時《ずいじ》言ってください。うん。それじゃあ今日もよろしく」

自分のバイクに新聞を詰め終わった人から順にバルバルとエンジンをふかして出発していく。区画が増えて回り方を変えたのか、同じ方向へ走る台数が今までより少ない。夕作は一旦普段通りの順路で回ることにした。

もともと担当していたエリアを配り終えると、新しい担当区画のほうに入る。どうやらこの辺りは一軒家が多いようで、マンションやアパートのように一旦降りて建物に入るという手間がなくて楽だ。

加えて、広さの割りに新聞をとっている家は少ない。新築に見える、綺麗な装いの家はあまりとっていないようだ。地図を見ながら回ってたどり着くのは、築年数でいうと二十は越えていそうな、郵便受けの名前の部分が日に焼けすぎて読めなくなっている家ばかりだ。ただのアルバイトだし、新聞社の業績なんて気にならないが、少しだけ寂しい気分にもなる。特に難しいこともなく、点々と散らばる目的の郵便受けに新聞を放り込んでいく。思ったよりも早く終わりそうだ。

最後の配達を終えて販売所への帰路につく。なんてことない。意外とすぐに慣れそうだ。

ぼんやりと思いながらバイクを走らせる。この辺りは夕作の家の周りと比べると道沿いがきちんと整備されていて、街灯も全て白い蛍光灯で統一されている。

小さな公園の前を横切ろうとしたそのとき、視界の端に、赤く光る何かが入った。

目を向けると、微かな光源はどうやらタバコの火のようだった。

砂場とベンチ、それから誰が管理しているのかもわからない花壇。それだけしかない。両脇は民家に挟まれていて、空き地をなんとか公園らしくしたというような見た目だ。

深夜の公園とタバコ。よくある光景だ。

けれど、その人影は思いのほか線が細い。女の人だ。ゆっくり走っていたせいで、ふと、吸い込まれるように目が合ってしまった。

驚いて、思わずブレーキをかける。反動で少しよろけた。目が合ったから驚いたのではない。相手の顔に、見覚えがあったからだ。長い髪を胸のあたりまで下ろしていて、いまは制服のブレザーではなくグレーのパーカーを着ていたがなんとなくわかった。彼女はクラスメイトだ。

名前は、たしか——槙野《まきの》、だったか。

話したことはないが、不良、非行というイメージはなかった。向こうもこちらに気づいて驚いているようで、タバコをくわえたまま微動だにしないが目を丸くしている。

何か悪いことをしているわけでもないのに、お互い胸の中で「見つかった」と言っているような気がした。いや、向こうは、悪いことをしているといえば、しているのだが。

友達でもなんでもないから挨拶をするでもなく、なんともいえない気まずい空気が流れだして、夕作はすぐにバイクを発進させた。

こんな時間に人に、ましてやクラスメイトに会うだなんて想像してもいなかった。もしかして、槙野は毎日あそこで人に見つからないようにタバコを吸っているのだろうか。帰り道を変えればいいが、あの辺りで他の道を選ぶと地図的にはかなり遠回りになる。

一気に憂鬱な気分になった。人と必要以上の接点ができるのは避けたい。大きくため息をついて、販売所を目指した。

3

学校に行きたくない。

槙野は今朝のことをいつも一緒にいる女子たちに話すかもしれない。気の強そうな女子の集団に目をつけられでもしたら、とてつもなく教室での居心地が悪くなるだろう。

とりあえず今日だけでも、風邪をひいたと言い訳をして休もうかとも思ったが、自分のいない場所で自分の話をされているのを想像するとなんだか余計に嫌で、大人しく登校することにした。

学校の最寄り駅まで乗る電車の中はもともと嫌いだが、こんな日は余計に気が滅入る。いつもより人の目が怖くなってしまって、考えすぎだとわかっていてもどうしようもないものはどうしようもない。電車の窓に映る自分の顔はいつもより伏《ふ》し目がちだ。

早く着け、早く着けと心の中で唱《とな》えていないと、嫌な言葉ですぐに頭をいっぱいにされる。心のざわつきが抑えられない。

停車して、ドアが開くとともにすぐに車両を出て早足で改札に向かう。

ところがその日、夕作と槙野の間には驚くほど何もなかった。何度か目が合う場面があったが、向こうから話しかけてくることもない。口止めくらいはされるかと思ったが、普段誰とも会話していない夕作が噂話を流すような心配はないと判断したのだろうか。

これまで注目したことがなかったが、教室での槙野の立ち位置はなんだか変わっているなと感じた。活発なタイプの子や大人しくて物静かな子など、相手の雰囲気や性格には頓《とん》着《ちゃく》せず多くのクラスメイトと関わりを持っているようだが、基本的にはよく一緒にいる二人の女子と行動している。その二人もどこか変わった取り合わせだ。一人はショートカットで、吊り目に濃い化粧。クラスでは珍しい、いわゆるギャル的な風貌だ。もう一人は童顔で背が低く、席についていると机が他の生徒よりもひと回り大きく見える。中学生と言われても信じるかもしれない。

交友関係は広いようだが槙野本人は目立つ生徒という印象はない。むしろ一歩引いたような雰囲気すらある。フラットで摑み所がなく、前に出て場の空気を作るようなこともない。平たく言えば「大人っぽい」ということになるのだろうか。

自分が気にし過ぎていただけかもしれない。ちょっとしたことで不安になってしまう肝の小ささにうんざりする。

いつも通りの一日だ。適当にやり過ごせばすぐに終わる。明日またあの公園に槙野がいたとしても無視して通り過ぎればいい。

帰りのホームルームの始まる前の時間、教室は一日の授業が終わった解放感と気だるさに包まれる。窓際の席に目を向けると、槙野が友達と談笑している。頬杖をついて穏やかな顔で笑う横顔は、夜遊び、喫煙といったイメージとは結びつき難《にく》い。

気にはなる。でもそれだけだ。知りたいとも、話しかけようとも思わない。

「ホームルームするぞー」

担任の山岸《やまぎし》が教室に入ってくると、生徒たちは喋りながらも従順に席に戻る。

「先週も話したけど、マラソン大会もう一週間後だからな。体育委員、学校から持ってく備品類とかちゃんと確認してくれよ。葉山ー、豊岡ー、きいてるかー」

そういえばそんなイベントがあった。去年もあったが思いのほか楽な行事だった気がする。そもそもマラソン大会と言っても四十二・一九五キロも距離はなく、女子も一緒に走るから近くの大きな公園のランニングコースを五キロほど走るだけだ。チームを組むこともなく、適当に走って後ろから数えたほうが早いような順位でゴールしてあっさり終わった。運動部員でもないから、酷いタイムでもゴールにいる体育教師の森平に怒鳴られることもない。学校行事は好きではないが、平常授業の日よりも早く帰れるのは嬉しい。

体育委員の葉山と豊岡があーいと返事をする。それから簡単な連絡事項を終えて、解散となった。

学校が終わり、家に帰って玄関で靴紐を解くと、同時に緊張の糸も解けて大きなため息が出た。

一日、何もなくてよかった。

今日で何もないのだから、これからも何もないだろう。家は安全地帯のようで、学校から直帰するとすぐに眠くなってしまう。眠気を我慢して勉強しようかとも思ったが今日は我慢できそうにない。夕飯ができる頃に起きればいい。

重い足取りで階段を上って自室に入り、鞄を床に落として体を布団に投げ入れた。

ああ、化粧、落としてない

でも夜コンビニに行きたくなるかもしれないし

まあ、いいか

しばらくして、まぶたの裏から夕日を感じて目が覚めた。

体は布団から転がりだしていて、窓から差し込む淡い光にすっぽりと納まっている。窓の外は夕焼けの赤が地平線に吸い込まれる直前の空。だいぶ眠ってしまっていたようだ。

閉め切らなかったドアの隙間から食欲をそそる匂いが流れ込んで、二度寝の誘惑が断ち切られた。

朝食を夕作がつくる代わりに、夕飯は毎日祖母がつくってくれている。今日は煮物か何かだろうか。

一階に下りるともうテーブルに料理が並んでいた。

「肉じゃがだ」

「んん」

「ありがとうばあちゃん」

祖母がニヤッと笑って頷く。

「いただきます」

「いただきます」

祖母の肉じゃがは醤油やみりんの量が少ないから薄味だが、その分野菜と豚肉の優しい味がはっきりとわかるのがいいところだ。汁に食材の味がしみ出していて、ご飯の上に乗せて食べるとこの上なく美味しい。きつね色になったじゃがいもを箸で半分に割ると、だしを閉じ込めた湯気がふんわりと立ち上る。

ふと目が合うと、祖母があごで夕作を指しながら自分の左頬を人差し指でツンツンとつついた。ポケットからスマホを取り出してインカメラで顔を見ると、化粧が少し落ちて痣が顔を覗かせていた。布団に擦り付けてしまったのだろう。

「大丈夫。さっき寝てて布団に擦っちゃっただけだよ。学校で人に見られたりしてない」

そう言うと、祖母は掠れた声で「そうかい」と言って自分の取り皿に肉じゃがをおかわりした。

化粧を教えてくれたのは祖母だった。

中学に通えなくなり、家庭にも居場所を持てなかった夕作は、二年前の冬、母方の祖母のもとで暮らすことになった。それが母親の心遣いだったのか、厄介払いだったのかさえよくわかっていない。

ここに越してきてすぐの頃、祖母は、与えられた自室に籠《こも》る夕作を祖母の部屋の古い鏡台の前に座らせ、きれいな箱から道具を取り出して化粧を施した。極薄の仮面を被せられたような奇妙な感覚と、男なのに化粧をしているという違和感に初めは戸惑ったが、外に連れ出された時、世界が変わって見えた。遠巻きに眺めるような好奇の視線は消え、自分が風景の一部になったかのような錯覚を覚えた。

まるで魔法のようだと思った。祖母がかけてくれた、息をひそめる魔法。

祖母は口数は少ないが、いつも夕作を心配してくれる。干渉し過ぎず、夕作の意思を尊重してくれる。

「ばあちゃん」

「ん」

「肉じゃが、美味しい」

わかりやすいルートだから、二日目ですでに地図を見ずに回ることができた。

朝刊の紙面上では漢字八文字くらいの法案が可決だか否決だかされたり、税金がどうのこうのともめたり世の中は揺れ動いているらしいが、今はそんなことは電車を何本も乗り継いだ先で起きている他人事としか感じられない。夕作の心はより近所のものに揺り動かされている。

昨日一日何もなかったとはいえ、もしかしたらまた公園に槙野がいるかもしれないと思うとやはり緊張した。もっと毛が生えたような心臓に生まれたかった。

いても無視、無関心を貫くしかない。

白い街灯に照らされた道が昨日は頼もしかったが、今日はなんだか寒気を感じさせる白々しい演出に思える。こういうことはとにかく早く済ませてしまうに限る。何も考えずに済むようスピードを上げた。

件の公園の前に差し掛かる。極力見ないようにしても、嫌でも目が公園のベンチを捉えようとする。走りぬける直前、はっきりと公園を捉えて——誰も、いなかった。

胸を撫で下ろす。とりあえず、これで毎日いるわけではないということがわかってだいぶ気が楽になった。

販売所まで戻りバイクを止め、ヘルメットを返す。振り返って挨拶しようとすると、朝刊を持った所長が眉をひそめてこちらを見ていた。

「上がります」

「お疲れ様。夕作君、なんか顔色悪いみたいだけど。いつも白いけど、今日はもっと白いよ」

指を差されて、どきりと、鼓動が速まる。

「そうですか」

「新しいルートまだ慣れないだろうけど、体調は崩さないでね。欠員出るとみんな大変だから」

ぎこちなく首だけで会釈《えしゃく》をして販売所を出て、手鏡を確認する。確かに少しだけ血色が悪い気もするが、化粧が崩れているわけではなくホッとする。顔色のことなど他人から言われると、緊張してしまう。

心のリズムを崩されてしまったが、明日からまた繰り返しの生活に戻れる。新聞を配って学校に行き、帰ってご飯を食べて寝て、起きてまた新聞を配る。

静かに、日々をやり過ごせればそれでいい。

そう思っていた。

4

スタートと同時に、何人かの足に自信のある、または部活の顧問から圧力をかけられている生徒がトップを競い合う。それを追いかける少数の集団、その後ろに競争意識のない、誰もそこから抜け出そうとせず同じペースを守って走る大きな集団ができる。

そのさらに後方で、本当に走れないか全くやる気のない生徒がまとまりなく走る。

こういうのを働きアリの法則って言うんだっけ。と、無意味なことを考えながら、夕作はジョギングのようなペースで最後方を走った。

マラソン大会は、毎年市内にある最も大きな公園で開催される。数年前に設立されたばかりらしく園内はそれなりに整備されていて、ランニングコースはゴムチップが敷かれランナー用と歩行者用に分けられている。

冬はこの辺りは寒さが厳しく、夏は生徒が熱中症にかかるのが怖いらしい。秋には体育祭がある。確かに五月の中旬はマラソン大会にちょうどいい季節なのかもしれない。今日は曇り空で気持ちのいい天気ではないが、その分普段より涼しくて走りやすい。

あれ以来、一度だけ同じ公園でタバコを吸う槙野を見かけた。

その日もまたお互い気づいて「いるな」という表情を交わしたが、初めて会った日のような謎の気まずさはなく、内心動揺してはいたがやり過ごすことができた。なんであんな時間に、とか、どうしてタバコ、とか、気になったところで本人に聞いてみたいとは思わない。

新聞配達が新しい配送ルートになって一週間が経ち、疲労がたまっていた。今も走りながら眠りそうだ。

帰ったら夕飯まで、ぐっすり眠りたい。夕飯のことを考えていたらお腹が空いてきた。今日はなんだろう。そういえば、冷蔵庫の卵を切らしていたかもしれない。

冴えない頭で不要な連想をしながら走っていると、辺りがつい先ほどまでよりも少しばかり暗くなっていることに気づいた。日中なのでその変化は微妙な差だったが、なんだか嫌な予感がする。

不意に鼻の頭に冷たさを感じた。

気がついて空を見上げると、白かった曇り空は所々濃い灰色になっていて、にわか雨が降り始めていた。

まずい。

天気予報では雨の印なんて出ていなかったのに。

まだゴールまで少しある。コースアウトして勝手に帰るわけにもいかない。どちらにしろ生徒がたくさんいる荷物置き場に行かなければならない。はやくゴールして、トイレに駆け込むしかない。急がなければ。

はやく、はやく！

腕を傘がわりに顔の前にかざして全速力で走る。前にいる数名を追い越す瞬間ギョッとしたように振り向かれた。まさかもう化粧が落ちつつあるのか。いや、さすがにまだ大丈夫だろう。最後尾から妙な姿勢の男が全力で走ってきて驚いただけだ。

けれど、怖い。はやく、ゴールして、荷物を取ってトイレに入らないと。

慣れない全力疾走に全身が悲鳴をあげる。雨から身を守るためにかざした腕のせいでうまく前が見えず、ゴムチップの隆起に足を取られて勢いよく視界が回転した。

「うっ、わ……っあっ」

情けない声をあげてゴロゴロと転がり、右の腕とふくらはぎを思い切り擦りむく。そのまま寝転がっているわけにはいかない。焦りが痛みを無視させた。

立ち上がる。ぜえぜえと息を切らせて、無我夢中で走った。自分で切った風が擦り傷にしみる。ゴールが見えてきて、さらにスパートをかけた。

汚れた体操服と擦りむいた手足を振って走る夕作を見て、森平が何事かと目を剝く。

「おいっ、お前どうした」

全部無視して突っ切る。もう息ができない。でもまだ止まれない。後ろから「おい、タイム聞けっ」と怒声が聞こえたが今はそれどころではない。タイムを出すためにこんなに必死になって走っているわけではない。

転がり込むようにして荷物置き場に着く。自分の鞄は一番端の角に置いたからわかりやすい。化粧ポーチだけ出すわけにもいかないので鞄を鷲掴みにしてトイレに向かう。

誘導サインにしたがって進むと、女子トイレはもちろん、男子トイレにも長蛇の列ができていた。学校の生徒以外にも、近隣の住民であろう子供や老人も並んでいる。

どうしよう。細かく肌を濡らす雨に一瞬頭が真っ白になるが、はっと気づいて近くにあった園内の案内図に駆け寄る。地図によると、少し離れたところに多目的トイレがあるようだ。ゴールからも遠いし、そこなら入れるかもしれない。生徒も少ないだろう。苦しくてしょうがなかったが、焦燥《しょうそう》が疲労を追い越して速さを緩めずに全力で走った。

多目的トイレに着くと、ちょうど赤ん坊を抱いた女性が出てきたところだった。唐突に「ありがとうございます」と言いたい気持ちになるが口を開いてもひゅうひゅうと弱々しい呼吸音しか出せない。

尋常ではない様子の夕作を見るなり、女性はぎょっとした顔で怯えて去っていった。すぐに中に駆け込んでオムツ替えの台に鞄を放り投げてドアを閉めた。一気に緊張の糸が切れて、かき込むように酸素を吸い込む。苦しくてしょうがない。洗面台の蛇口を捻って、両手に水を溜めて何度も飲んだ。

便座に座り、肩で息をしているとようやくまともに呼吸ができるようになり、頭が回り始める。唐突に酷使された両脚はまだ抗議するようにガクガクと震えるが、我慢して鏡の前に立つ。

案の定、化粧が少し落ちて痣が見え始めていた。使っているファンデーションとコンシーラーは、夕作の地の肌の色に近く馴染みやすいがあまり水に強くない。

けれどこのくらいなら、近くで見なければバレないはずだ。大丈夫。落ち着け。自分にそう言い聞かせても、もしも見られていたら、もしもバレたら、もしも——と、嫌な「もしも」が頭の中を埋め尽くしていく。みぞおちのあたりが収縮するのを感じて目眩《めまい》がしてきた。最後の方は息をするのも忘れて走っていたせいで吐き気も感じる。頭を振って、バンバンと胸を叩いて無理やり意識を切り換える。

落ち着こう。ここに長居しては閉会式に遅れてしまう。とりあえず、化粧を直さなければ。タオルで押さえるようにして顔の水分をとってから、急いで痣を隠していく。

化粧を直し終えると、後ろでドアがノックされた。鞄から折りたたみ傘を取り出し、急いで持ち物を詰め直してトイレのドアを開けた途端、向こう側にいた人物と同時に「あっ」と声が重なった。

槙野だった。ジャージを着て、普段おろしている髪を後ろで一本に束ねている。

「ごめん。急かした？」

「いや、大丈夫」

内心びっくりしていたが平静を装って返事をして、すぐにその場を離れた。短いやりとりだったが、思えば初めて会話した気がする。

とにかく疲れた。森平に見つかったら説教されそうだったので、集合場所の真ん中あたりに紛れて閉会式をやり過ごした。

体を引きずるようにしてフラフラと帰路につく。何度か乗り換えがあったはずだが、気づいたら家についていた。どうやって帰ってきたのかまったく覚えていない。

シャワーを浴びて、昼寝をするつもりで布団に入ったが、起きると夜の九時になっていた。一階に下りるとテーブルにはラップのかかった夕食が置いてある。祖母はもう自室で寝ているようだ。静かに夕食を済ませて食器を洗っていると膨らんだ胃袋から再び眠気がこみ上げてきて、ふらふらと自室に戻った。


軽快なマリンバの音が聞こえて目が覚めた。携帯の目覚ましで起きるのが嫌いで鳴り始める前に起きられるようになったが、マラソンで疲れていたせいでいつものようにいかなかった。立ち上がると太ももが痛くて、変な歩き方になる。

普段の倍くらいうるさい音を立てながら一階に下りて洗面所に向かう。

足を震わせながら惨めな気分で顔を洗い、電気をつけて化粧をしようとポーチを開けて、愕然《がくぜん》とした。

ない。

ファンデーションのコンパクトが消えている。

ポーチの中にはコンシーラーのチューブだけが入っていた。早足で部屋に戻り、学校の鞄を開けて乱暴に中を漁《あさ》るが、そこにコンパクトは入っていなかった。

昨日、落とすようなタイミングなんてあっただろうか。着替えの時か帰り道、鞄のファスナーの隙間からこぼれ落ちてしまったのだろうか？　落としたところを誰かに見られたりはしていないだろうか。知らない人ならまだしも、学校の生徒に見られていたらどうなるかわかったものじゃない。

起き抜けの心臓が痛いくらい脈打って、頭から思考を奪おうとする。

けれど配達をさぼるわけにはいかない。今すぐにでも昨日歩いた道を全て辿《たど》って探しに行きたいが、とりあえずは用意をしなくては。戸棚から予備のファンデーションを取り出して痣を隠し終えると、鏡に手をついて大きくため息をついた。

家を出てからずっと、心ここにあらずでコンパクトのことを考えている。

所長は、この前以上に夕作が顔面蒼白だったからか、「頼むから事故とか起こさないでくれよ」と肩を摑んで何度も前後に揺さぶってきたが、何を言われても「はい」以外の返事が出てこなかった。どうせ夕作が心配なのではなく、配達員に事故を起こされるのが心配なだけだ。

　信号を無視しそうになって急ブレーキをかけるたびに我に返る、そんなことを繰り返すうちに全ての家に新聞を配り終えてしまった。

　モヤモヤとした気持ちが晴れない。なくしただけで、誰かに見つかったと決まったわけでもないが、それでもやはり落ち着かなかった。

　もうすぐ例の公園の前を通る。暗い公園で光るタバコの火は遠くから見てもすぐにわかる。どうやら今日もいるようだが、絡まれないとわかればもうどうでもいい。今はそれどころではない。

　素通りしようとしたが、槙野も遠くから夕作に気がついたようでなぜか手を振ってくる。今まで何もなかったのに、急に。なんだ?

　バイクを止めてじっと見ると、手に何かを持っているのがわかった。

「……?　……あっ」

　槙野の手に握られているのは、夕作のコンパクトだった。

　終わった。

　ひどく冷静に、そう思った。

バイクを降りて、恐る恐るベンチに腰掛ける槙野の前まで歩く。

向こうもタバコの火を消してこちらに向き直る。数秒間、謎の沈黙が流れた。互いに最近、この空間で認識しあってはいたよな、という確認を、テレパシーでしているような時間だった。

「びっくりした、これ。趣味？」

「違う」

びっくりしたと言う割りになんでもないことのような表情で話す槙野はなんだか不思議だ。

どこでなくしたのかはっきりわかった。多目的トイレで荷物をまとめている時、焦って取りこぼしたのだ。必死で走った後で、冷静じゃなかった。けれど。

「なんで、俺のだと思うの」

多目的トイレにあったのだから、誰か別の、夕作より前に入った女性のものだと考えるのが普通だ。

「うーん、ちょっと、気持ち悪い言い方かもだけど」

「？」

「夕作君、時々ここのブランドの匂いするんだよね」

「えっ」

　そんなこと、考えたこともなかった。自分でつけている分にはもう何も感じなくなってしまったが、思い返してみれば母親から化粧品の匂いを感じたことがある。香水などではなく、化粧品特有の、柔らかく鼻孔を包む匂い。

「なんで、そんなこと」

「それ、前に使ってたことあるんだ。だから、なんか使ってるのかな？　とは、ちょっと思ってた」

　ということは、少なからず化粧に気づいている生徒がいるかもしれないということか。女子ならば特に、だろう。羞恥がかっと頬を熱くする。すると「あ、でも」と槙野が両手を振った。

「別に噂になってたりはしないよ。クリームかなんか塗ってんのかな？　って思うくらいで、男子がメイクしてるとか、あんま想像つかないし。それにベースメイクくらいしかしてないでしょ？」

　ベースメイク、という単語が何を指すのか何のことだかわからなかったが、ファンデーションをつけているだけの状態、ということだろうか。祖母から教わった必要最低限のことしかしていないので、化粧の知識が豊富なわけではない。

　何を言われても心を強く保とうという覚悟を持って対話に臨んだのに、ハンカチを拾ったくらいのトーンで話すから、状況がよくわからなくなってきた。困惑する夕作をよそに、はい、と槙野はコンパクトを差し出した。

「え？」

「え？　じゃないよ。失くさないようにね」

「えっと……何も、言わないの」

「ん？」

「だって、俺、男で……化粧、とか」

自分で言いながら、苦しいくらいの恥ずかしさと動揺で、心臓が跳ねて言葉が途切れ途切れになってしまう。

「あー、うーん」

槙野はこちらをじっと見つめたまま、言葉を探すように唸った。

「それ、聞いていいやつなの？」

「……言いたくない」

「じゃあ、いいよ」

ん、と言ってコンパクトを押し付けてくる。

「なんか、これを出しに、脅《おど》したりとか、吊るし上げたりとか」

「ないよそんなの」

笑いながらそう言う槙野から、コンパクトを受け取る。手元に戻った安心感から、体に入っていた力が抜けてしまった。人一人分の間隔を空けてベンチに腰掛ける。彼女は不意にポケットからタバコの箱を取り出し、火をつける直前に手を止めてこちらを見た。

「いい？」

「別に」

ありがとう、と言って火をつける動作はなんだか様になっていて、不良然としない槙野の見た目とあいまって不思議だ。こんなに近くでタバコの煙を浴びるのは久しぶりで、自分までいけないことをしているような気持ちになる。

槙野の唇の先でくすぶるオレンジ色をじっと見つめていると、彼女は視線に気づいて紫煙を夕作がいる反対側に吹いてから、いたずらっぽく笑った。

「私のこれも、内緒だよ」

「わかった」

頷くとまた、ありがとう、と言われた。

「新聞配達のバイトしてるんだね」

「え？　ああ、うん」

「先週、初めて見たときびっくりした。なんか見たことある人だなって」

「それは、俺だって」

「最近始めたの？」

「ううん、ちょっと前からやってる」

「大変そう」

「そうでもない」

「そうなんだ」

ふふっと笑って、またタバコをふかす。燃えるように明るくなったタバコは、槙野が唇を離すとすぐに光を落ち着けた。

「お金貯めてんだ」

「うん」

「なんで？　実は、すごい遊び人とか」

「違う」

「彼女にプレゼント？」

「それも違う」

「だよね」

あはは、と、静かな空気が槙野の笑い声に震えた。ふと、いつの間にか自然に会話していることに気がついて驚く。お互いの秘密の輪郭《りんかく》を撫《な》であうような会話に、変な安心感を覚えていた。

なぜだかわからないが、彼女の話す言葉や空気感に、平熱、と思った。

「そろそろ、戻る」

「仕事中だったね。引き止めちゃってごめん」

「ううん。……じゃあ」

「またね」

タバコを持っていない方の手をひらひら振って見送られる。

バイクに跨って振り返ると、また手を振られた。頷いて、発進する。

普通の会話、だった。何の変哲もないやりとりをしただけの数分間だが、夕作にとっては全てが拍子抜けで想定外の時間だった。どうしてとかなんでとか、そういう疑問符の奥の方に、一瞬感じたはずの安心感が埋れていった。

5

いつも通り朝食を用意し食べて、化粧を直し電車に乗って学校へ向かう。何も考えずにできる日々のルーティンに入っている間、夕作の頭の中からは公園での出来事が離れず、思考が同じところを何度も回って轍《わだち》を作っていた。今まで積み上げてきた静かな生活に亀裂が入るような危機だと思っていたのに、槙野のあの、あまりにもあっけらかんとした態度は何度思い返しても理解できない。

「おい」

気にしすぎだろうか。けれど男が化粧道具を持ち歩いているというのは、悪いことではないがいわゆる「普通」ではないし、珍しいだろう。喩えるなら、車に撥《は》ねられたのに痛みを感じないというような。そのくらい拍子抜けする出来事だった。

「おーい」

ハッとして、声をかけられているのが自分だと気づく。振り返ると、夕作の目線と同じ高さにネクタイの結び目があった。分厚い胸板、高い身長に坊主頭。同じクラスの、野球部の遠藤が立っていた。夕作はというと、下駄箱に入った上履きに手を引っ掛けたましばらく突っ立っていたようだ。ここのところ、想定外のことが起こりすぎて一人になるとつい意識が内側にこもってしまう。

「ごめん」

「いーよいーよ」

手にしたままの上履きを床に落として履き替え、下駄箱にローファーを入れて退いた。遠藤が上履きに履き替えながらこちらを振り向く。

「すげーぼーっとしてた。体調悪い？」

「ううん」

「ふーん。そか」

じゃ、と言って片手を上げると、遠藤は教室とは反対、職員室の方に向かっていった。遠藤は誰にでも気さくに接する男だ。教室でも、特に何の用もなく話しかけられて、今のように驚かされることが時々ある。

例えばいま、自分がファンデーションを手に持っていたり、痣を晒《さら》していたりしたら、彼はどんな反応を示すのだろうか。悪い人間ではなさそうだから、いきなりひどいことを言ったりはしないかもしれない。でも槙野のように、あんななんでもない態度を取ることはないだろう。驚くか気味悪がるか、そのくらいはするのではないだろうか。

下駄箱からすぐ見える階段を上がって二階の教室に向かう。踊り場まで上ると、二階の廊下を紙パックのジュースを飲みながら歩く女子と目が合った。槙野だった。思わず足が止まる。

しゅこっ、と紙パックが空気を鳴らした。

「おはよー。今朝ぶり」

「おは、よう」

彼女はそのまま歩いていってしまった。しばらく足が動かず、立ちどまったままでいると、後ろから「何してんの？」と声をかけられる。またもや遠藤だった。怪訝《けげん》そうな顔でこちらを見ている。職員室で何か用事を済ませてきたらしく、脇にＡ４くらいの封筒を抱えていた。

「なんでもない」

「お前大丈夫？」

「別に」

向こうが求めているものと微妙に噛み合っていないであろう答えを返していると、ホームルームの前の予鈴が鳴った。遠藤が夕作の背中を軽く叩いて先に上る。

「ほら、もう行こうぜ」

後に続いて階段を上った。教室に入り、机に鞄を置いて普段通りの風景を見回す。槙野は教卓の前で数人の女子たちと談笑している。

長い黒髪、女子にしては高めの身長。不良ではないがどこか大人びた雰囲気がある。自分の秘密の外側にだけ触れて、夜の公園でタバコをくゆらせながら楽しそうに笑っていた彼女。

秘密を知られた不安は拭い切れたわけではないが、それ以上に疑問が勝って頭の中の「なんで」が止まらない。

「席つけー」

教室の前のドアが開いて、出席簿を持った山岸が全体に声をかけた。

「マラソン大会終わって疲れ抜けてないやつもいると思うけど、寝るなよー。そろそろ中間試験だからなー」

あああ、と気だるげな声が教室中から湧き起こる。

「お前ら全員来年は受験なんだからな。今やっとかないで後悔しても先生知らんぞ」

「山ちゃんひでえなー」

「葉山、顧問の先生に葉山が敬語使えないって言っとくからなー」

「やめてっ」

どっと笑いが起こる。葉山がボケて、部活をネタに山岸にいじられる。ここまでがワンセットだ。夕作は、この時間は眠すぎて二人のやりとりに笑ったことなんて一度もない。槙野をチラリと見ると、頬杖をつきながら楽しそうに肩を揺らしている。

とりあえず、今のところは槙野は昨日あったことを誰かに話す様子はなさそうだ。夕作も槙野のことを誰かに話すなんてことはない。考えてもわからないことに時間を割いたって何の足しにもならない。そう思ったら、バイトのツケで眠気が思考を奪い始めた。

がくんっと頭が揺れて目が覚める。背中に衝撃を感じた。何事かと後ろを振り返ると槙野が立っていた。

「うえ」

「何その声」

あはは、と落ち着いた声で笑う。どうやら槙野に背中を小突かれたようだ。動揺を隠そうとして変な声が出た。寝起きの気分も相まって、一体何の用だ、と書いてあるような不服な顔をつくる。

「なに……」

「ごめんごめん。いつもすごい寝方してるから気になって」

「すごい寝方？」

「後ろから見ると、首なくなってるもん。よくそんなに曲がるね」

確かに、多少無理な姿勢で寝ている。変か変じゃないかで言われたら、変かもしれない。好き好んでこんな格好で寝ているわけではないけれど。

「痛くないの？」

「痛い」

「えーやめなよ。首もヘルニアになっちゃうんだよ」

笑いながら、大して心配していなそうな声で忠告される。

「志帆《しほ》ー」

後ろの方から槙野が呼ばれて振り返る。つられて夕作も振り返ると、教室の後ろの扉から数人の女子がこちらを見ていた。

槙野は、首お大事にと言って教室を出ていく。夕作は何も返さずぼんやりとそれを見送った。

どうやらいつも通り昼休みまで寝てしまっていたようだ。時計は昼休みに入って五分ほどたった時刻を指している。購買が混み出す前に行かなければと、起き抜けの緩慢《かんまん》な動きで鞄から薄い財布を抜き出して教室を後にした。


その日から、槙野は気まぐれのようにたまに夕作に話しかけてくるようになった。内容は大体どうでもいいことで、「今日も眠そうだね」とか、「寝癖撥《は》ねてるよ」とか。夕作からしてみれば全て不意打ちのタイミングで声をかけられるので、毎回要領を得ない相槌《あいづち》を打って終わる。眠りにまつわる話題ばかりなのは何なんだと思ったが、よく考えたらそもそも自分自身が学校にいる間のほとんどの時間を寝て過ごしているからだった。

けれど、槙野の口から夜の公園に関する話題が出ることは一度もなかった。話しかけてくるようになったのはあの夜の出来事がきっかけのはずだ。お互い、ちょっとした秘密を握り合っているわけだから、少しでもそれを周りに知られたくないんだったら一切干渉しないのが一番のはずなのに。事実、クラスの女子たちから「夕作君と仲よかったっけ？」と不思議そうに尋ねられているのを何度か見た。そのたびに槙野は「まあまあね」だの「何となく？」だの、適当な返事をしてお茶を濁していた。タバコのことは、仲のいい友達にも秘密にしているのだろうか。初めに感じていた警戒心のようなものはだんだん薄れてはいたが、接するごとに「よくわからないやつ」という印象が増していくばかりだった。

今日はホームルームの前、英語の単語帳を読んでいるときに気配を感じて顔を上げると、彼女が机の前に立っていた。唐突な干渉にも、だんだん慣れてきていた。

「試験勉強？　早くない？」

「早くは、なくない？」

「うわあ、そういうタイプか」

そう言って笑いながら、夕作の机に手をついて単語帳を覗き込んでくる。

「え、ここ範囲だっけ」

「そのはず……」

「うそ、めっちゃ広いじゃん」

眉間に皺を寄せて「やだなー」とつぶやく彼女越しに、彼女とよく一緒にいる二人の女子が不思議そうな目でこちらを眺めているのが見えた。気になってしまい、槙野に問いかける。

「あのさ」

「ん？」

その時、ガラッと音を立てて引き戸が開き、山岸があくびをしながら入ってきた。間の悪さにため息をつく。

「やっぱり、いい」

「？　じゃあね」

槙野は軽く首を傾げると自分の席に戻っていった。

単語帳を鞄に入れようとして、ふと視線を感じて顔を上げると、前の方の席にいる遠藤と目が合って、すぐにそらされた。

次の週の火曜日、いつも通り新聞を配り終えて販売所への帰路につくと、例の公園で槙野がタバコを吸っていた。コンパクトを渡されたあの晩以来、夜の公園で槙野を見ることはなかったので、昼間は毎日会っているはずなのになぜか久しぶりに会ったような感覚になる。どうやら公園に来る周期は気まぐれのようだ。

しかし今日は特に用があるわけでもないので素通りしようとしたが、槙野はこちらに気がつくとベンチから立ち上がって、道路の方まで歩いてきた。手を振られ、さすがに無視するわけにもいかず夕作も停車する。

「お疲れ。働いてるね」

「……何か用？」

「暇だから、話し相手になってほしいだけ。いいでしょ」

何かと思ったら、学校にいるときのようなどうでもいい調子だった。廊下ですれ違ったくらいの気軽さを感じる。暇なら帰って寝ればいいんじゃないだろうか。

槙野は公園脇にある自販機を指差した。

「なんかジュースおごってあげるよ」

「え、なんで」

「労《ねぎら》い？」

言いながら槙野は小銭を入れて、ミニサイズのホットココア缶のボタンを押した。ゴトンと音を立てて落ちた缶を取り出しながら、「ほら、押していいよ」というので、仕方なく同じココアを選んだ。

ベンチに戻り、槙野が先に腰掛ける。夕作も、間隔をあけて座った。

タバコの火を消して、携帯灰皿にしまうとココアの缶を開ける。それもなんだか、アンバランスな行為に思えた。わかってはいたが、悪ぶってタバコを吸っているわけではないのだろう。ふと視線をあげると、こちらを覗き込む槙野と目が合った。

「なんか難しそうな顔してるね」

「いや」

「あ、コンパクトのこと、まだ疑ってる？　誰にも言ってないって」

「それは、もうわかってるよ」

「じゃあどうかした？」

心底不思議そうな顔で見られて、それはこっちの表情なんだけど、と言いたくなったが、口にはしなかった。

「それのこと、仲いい子たちにも秘密にしてるんだよね？」

ベンチに置かれたタバコの箱を指差して言った。槙野は、ああこれ、となんでもないように答える。

「うん。秘密だよ」

「秘密を知ってる俺と、学校で喋ってて、何かの間違いで他の人にもバレたら……とか、思わないの？」

暗に、「俺のことも、知られたらどうするつもりなの」ということも伝えたかったが、そういう言い方は、なんだかできなかった。槙野は一瞬困ったような表情を作ったが、すぐにいつもの顔に戻って答えた。

「それはまあ、大丈夫じゃないかなあ」

「そうなの？」

「うん。そんな下手は打ちませんよ」

ふふ、と得意げに笑ってベンチにココアを置くと、タバコを一本取り出して咥えた。

「心配性だね、夕作は。隠し事がある者同士仲良くしようよ」

平熱。またそう思った。彼女の声にはその言葉が一番しっくりくる。冷めているわけでもなく、必要以上の熱もない。いつも落ち着いている感じがする。

本当に、何も気にした様子がない。隠し事を共有できる相手ができたことを楽しんでいるだけなのか。いやそもそも、共有しているとすら言えない。お互いの秘密の、一番上の薄皮を握り合っているだけの関係だ。何の約束も信頼もない。夕作がこれ以上心配しても、彼女は気にも留めないのだろう。

槙野の唇から漏れ出した煙が、ゆっくりと夜の空気に溶けてなくなっていく。

「それ飲まないの？」

言われて、もらったココアの缶を握ったまま開けるのを忘れていたことに気づく。飲みきったら帰ろう。プルタブをあげて一口飲むと、振らなかったせいで浮いたココアパウダーが舌の上をサラサラと流れた。思ったより甘くない。

「夕作、どの辺に住んでるの？」

「ここから、電車で山の方に進んで一つ隣の駅」

「あ、あっちなんだ。ゆっこと同じ駅だね」

「ゆっこ？」

「野《の》中《なか》友《ゆう》子《こ》。同じクラスだよ。背が低くて髪ちょっと茶色い子」

野中。槙野たちとよく一緒にいる、小さい子の方だ。確かに朝のホームで見かける時がある。クラスメイトだから、なんとなく同じ車両に乗らないように避けてしまっている。

「駅前の肉屋さんの、レバカツたまに買いに行くよ。一枚四十五円で、ほとんどころもだけどすごい美味しいやつ。知ってる？」

「よく買う。ばあちゃんが好きだから」

「へえ。おばあちゃん一緒に住んでるんだ」

「うん、まあ」

槙野は「ああ、そうだ」といって不意にスマホを操作し、何やら建物の写真を見せてきた。

「ここ、入ったことある？」

写真は夕作の最寄駅の商店街の細い通りを入った場所にある、クレープが人気の小さな喫茶店だった。

「前にゆっこの家行った帰りに、見つけたんだけどさ。メニュー見て美味しそうだったんだけど、なんか地元の店感強くて入りづらかったんだよね。ゆっこも入ったことないらしくて」

一度、買い物帰りに祖母と寄ったことがあった。明らかに地元の人間が経営している感じがしてあまりひらけた印象はないが、季節ごとにフルーツが変わって、チェーン店ではない手作りの店特有の少し地味なクレープが美味しかった記憶がある。

「ある」

「え、ほんと？」

はしゃいではいないが、少しだけ高いテンションの声になっている。変な人だとばかり思っていたが、女子らしく甘いものは好きなのだろうか。

「今度連れてってよ」

「え……」

「いや、そんな露骨に嫌そうな顔しないでよ」

そんなに顔に出ていただろうか。だけど、学校の人と出かけるという行為には強い抵抗を感じる。ただでさえ高校に入って以来同じ人とここまで会話したこともないのに、生活にこれ以上踏み込まれるのは怖い。

「野中と、一緒に行けばいいんじゃないの？」

「ゆっこ、甘いものそんなに好きじゃないんだよ」

「……なるほど」

そもそも槙野は、夕作と行って他の友達と一緒にいるときのように盛り上がるとでも思っているのだろうか。かといって、直接嫌だと言うのも気が引ける。それに、コンパクトを拾って返してくれた恩も断りたい気持ちを邪魔していた。沈黙に耐えられず、一拍おいて答える。

「いいよ」

「え、ほんと？」

「コンパクト、拾ってもらったお礼」

目をそらしながらそう言うと、槙野は少し笑いながら、律儀だなあと言って、美味しそうにタバコの煙を吸い込んだ。

「じゃあ、中間試験が終わったらにしよう」

「わかった」

ふとスマホを見て、長居してしまっていたことに気づいてココアを喉に流し込んだ。

「ごちそうさま」

立ち上がって、誰が処理しているのかわからない大きな籠《かご》状のゴミ箱に缶を放り込む。

「お疲れ。約束、楽しみにしてるよ」

曖昧に頷いてバイクに跨り、発進する。断れない意志の弱さのせいで約束をしてしまったことを少し後悔した。恩があるとはいえ、別に断ったってよかったはずだ。終わったことを色々考えてしまうのは悪いくせだとわかっているが、そうは言ってもどうしようもない。早く帰って朝食の用意をするため、販売所への帰路を急いだ。

6

二人がけのテーブル席の向かい側で、槙野がスマホをいじっている。

約束をしてから二週間弱が経ち、中間試験も無事終わった。相変わらず数学は平均点程度しか取れなかったが、その他の科目はいつも通りそれなりにできた。試験返却は土曜日に行われるため、午前中で学校が終わる。時間が中途半端だったこともあって、お互い一旦帰宅してから例の喫茶店で待ち合わせした。店内は古そうな木製のインテリアで統一されていて、暖色の電球の光が落ち着いた非日常感を演出している。槙野は季節のフルーツクレープ、夕作はチョコバナナクレープを注文した。

「あっ、来た」

四十代前半くらいの店員女性が、大きめの皿を二つ運んできた。

「うーわ、美味しそう」

スマホでびわの載ったクレープの写真を撮る槙野を尻目に、夕作は両手を合わせていただきますをする。一口食べると、比較的薄めだが素朴な味が美味しかった。槙野も、はしゃぐでもなく嬉しそうに「美味しいなあ」と言いながらびわを食べる。

槙野は私服に着替えてきていて、ジーンズに無地のパーカーという、夜公園で見る時と似たようなあっさりした格好だ。

「それにしても夕作、そこそこ勉強できるんだね。私、数学以外は一個も勝ってなかった」

「勉強は、してるつもり」

「腹立つなー」

全く腹を立てていなそうに笑いながらそう言う。ふと、槙野の目元にクマができているのに気がついた。いつも涼しげで健康的な印象の彼女に不釣合いで、異物感が強く気になってしまう。

「寝てないの？」

「え？」

槙野の肩がピクッと動き、クレープの甘さに細められていた目が開いて夕作を見た。そんなに驚くようなことを言っただろうか。

「なんで？」

「それ」

自分の目元を指でなぞって伝える。相手の顔を指差すのは抵抗があってできない。ややあって槙野はスマホのインカメラを起動して、げっと声をあげた。

「気づかなかったや。根詰めて勉強しすぎたかな」

「そう」

　にしては点数そんなに取れてなかったね、とは言わなかった。一夜漬けするタイプなのかもしれない。

「今、根詰めたにしては点数低かったなとか思ってるでしょ」

「……思ってないよ」

「顔に出てるよ。わかりやすいなー」

　ははは、と楽しそうに笑う。バツが悪くて、誤魔化すようにコップの水を啜《すす》った。

「ていうか、英語ができないのは絶対英語の須田のせいだよ。英文読み上げてる時、めちゃくちゃ唾飛んでるの見えて全然集中できないんだよなあ」

「そうなんだ」

「夕作、席後ろだからわかんないか。今度授業終わった後近くで黒板見てよ。霧吹きしたみたいになってるから」

　思い出して顔をしかめている槙野が可笑しくて、少し笑ってしまった。それを見て興が乗ったのか、いろんな先生の変な癖紹介コーナーが始まった。現代文の滝澤は普段生徒は呼び捨てなのに授業で気に入っている女子を当てる時だけさん付けで呼ぶとか、数学の小西のサインコサインの発音が良すぎて気持ち悪いとか。普通は共感して笑うところかもしれないが、学校の先生のことなんて癖がわかるほどちゃんと見たこともなかったので「へえ」とか「そうなんだ」とか、微妙な返事をするしかなかった。同じ空間で同じ授業を受けているのに、知らないクラスの話をされているんじゃないかと思うくらい初めて聞くことばかりだった。

よく人のことを見ているんだな、と思った。いや、知らないだけで槙野みたいなのが普通なのだろうか。学校という場所の重要性が、槙野と夕作では全然違うのだろう。実際、夕作から槙野へ提供できる学校の話題なんて一つもない。あるとしたら休み時間に一人でゆっくりできるスポットの情報くらいだ。

「あのさ」

「ん？」

「正直に聞くけど、これ楽しいの？」

あまりにもあけすけな言い草だったかもしれないが、遠回しに聞いてもどうせ適当な返事をされるだけだと思った。普通は、もっとはしゃいだり、大声で笑いあったりするような人と来た方が楽しいに決まっている。

槙野は軽く首を傾けてうーんと唸る。

「私は、楽しいけど。嫌？」

「嫌とか、そういうことじゃなくて……」

自分と一緒にいることに時間を割く意味がわからないのだ。どう考えても普段から一緒にいる友達といた方が楽しいだろう。今の時間は、おそらく全く建設的ではないと思う。それは相手にとっても、夕作自身にとっても。

「前にも言ったじゃん。隠し事がある者同士、仲良くしようって」

槙野はそう言うとまたクレープを一口食べて、美味しそうに目を細める。

結局、そういうことなのだろうか。秘密を共有する安心感のようなものを、求められているだけなのだろうか。確かに、言い分がわからないわけでもなかった。

初めてあの公園で話してからまだひと月経つか経たないかという程度だが、夕作自身も槙野のことを安全な人間として認知し始めていた。彼女と話していると、まるで会話に安全装置がかかっているかのように感じる。槙野は夕作がコンパクトを持ち歩いていることを知っていても化粧をする理由や事情に一切触れないし、話題にも出さない。夕作も槙野がどうして夜の公園にタバコを吸いに来るのかなんて聞いていないし、聞くつもりもない。

ここに来る約束をした日からも、何度か夜の公園で会って話をした。呼び止められるたび何かと思えば、学校の話や食べ物の話、槙野の友達の話、そういうなんでもないようなゆるい話を聞いて終わるだけだった。

お互い、秘密の一番薄っぺらい部分だけを知っていて、暗黙の了解のようにその先に踏み込まない。何かあればフォローしあえるかもしれないし、それなりに都合のいい関係ではあるだろう。

もし彼女に、化粧を落として自分の痣を見せたらどう思われるのだろうか。コンパクトを渡されたときのように、なんでもないことのように接してくるのだろうか。少しだけ想像して、無理に決まってる、とかぶりを振った。

人に何かを期待したって、結局最後は傷つくだけだ。目の前で起こる全てをやり過ごしていればそれでいい。いまのこの関係だって、槙野が飽きればそれで終わるはずだ。

「どしたの、ぼーっとして」

自分のクレープに落としていた視線をあげると、こちらを覗き込む槙野の鼻と口の間に生クリームがついていた。不意打ちで笑いそうになって、すぐにこらえた。

「いや、全然。なんでもない」


「ひどいなあ。からかうにしても、店員さんに見つかるまでには言ってよ」

槙野はクリームに最後まで気づかず、レジでお会計しようとしたときに店員さんに笑いながら教えてもらってようやく鼻の下を拭いた。怒られるかと思ったが、彼女はいつも通り笑いながら文句を言ってくるだけだった。

「まあ、いつか何かでやり返してあげるから楽しみにしてなよ」

「すぐ忘れるよ」

「忘れないよ。食べ物の恨みは怖いからね」

それは、使い方は合っているのだろうか。

どうでもいいやりとりをしているうちに、いつの間にか駅に着いていた。

「今日は楽しかったよ。ありがとう」

「いや……べつに」

感謝されるようなことはしていない気がする。首を振ると、槙野は満足げに笑った。

「じゃ、また学校で」

ひらりと手を振って槙野は改札を抜けていった。槙野がホームへの階段に吸い込まれていくのを漫然と眺めてから、改札を後にして家路についた。

家に着いて、祖母に声をかけてから自室に戻ると、急に脱力感に襲われて布団に寝転んだ。やはり慣れないことをするものじゃない。学校の人と、どこかに出かけることになるなんて、少し前の自分が知ったらきっと目が点になる。普通、高校生は放課後毎日こういう風に過ごしているのだろうか。友達や恋人と出かけて、カラオケに行ったり映画を観たり。想像するだけで疲れる。今日槙野と小一時間過ごすのだって普段使わないような体力を必要としてしまう。

まあ、これでもうコンパクトの恩は返したと思っていいだろう。

机の上の時計は十七時過ぎを指している。お腹の中のクレープが睡眠薬になってゆっくりと身体に沁み渡っていくような心地がして、ゆっくりとまぶたを閉じた。

翌日の配達の帰り、公園の前を通ったが槙野はいなかった。さすがに試験の疲れで眠かったのだろう。

ところが、朝学校へ行き、いつも通り挨拶してくる彼女の目元にはまだうっすらとクマが残っていた。試験週間で生活リズムが乱れて、うまく眠れないのかもしれない。

それから数日間は夜の公園で会うことはなかった。前に会ったときに販売所への帰りが遅くなり、所長に注意されて面倒だったからちょうどよかった。その間も、学校で会う彼女のクマは消えなかった。体調が悪そう、とまではいかないが気だるげに見えたし、昼休み中ぐっすり眠っている姿もよく見かけた。

クレープを食べに行ってから十日後、学校に行くと下駄箱の前に槙野が立っていた。向こうも夕作に気がついたようだ。目元のクマは綺麗さっぱり消えていた。

「おはよ」

「……寝られた、みたいだね」

挨拶も返さずそう言うと、彼女は一瞬驚いた顔をした後、少しだけ笑った。

「なんか試験で昼夜逆転しちゃったみたいでね、ようやく治ってきたよ」

「そう」

「なに、心配してくれてた？」

　そう言われて、夕作は首を傾げた。自分は槙野を、心配していたのだろうか？　言われてもよくわからなかった。槙野がいつも健康的な印象だから、意外なものを見て気になった、という程度だったかもしれない。

「つっこんでよ。恥ずかしいじゃん」

「ごめん」

　恥ずかしいと言って笑う槙野はいつも通り落ち着いていて、爽やかな笑顔からは恥じらいなんて微塵《みじん》も感じられなかった。そんな会話をしながら階段を上っていると、踊り場で遠藤と葉山とすれ違った。

　三人が軽快に挨拶を交わす中、夕作が軽く会釈だけして通り過ぎると、槙野は隣で「返事くらいしなよ」と言って笑った。別に普段会話する仲でもないのだから、一対一じゃない場面で言葉を交わす必要はない。それに葉山に至っては多分一言も話したことがない。向こうだって槙野に挨拶したつもりだろう。ちらりと後ろを見ると、一瞬だけ遠藤と目が合った。

「俺、トイレ行ってから教室行く」

「んーわかった」

　槙野は軽く手を振って教室の方へ向かった。夕作は槙野を背に歩き出す。

トイレの個室に入って鍵を閉め、便器の蓋を閉めて座り鞄からコンパクトを取り出す。蓋を開けて小さな鏡で自分の頬を確認した。特に問題はない。

遠藤と目が合って不安になったが、杞憂《きゆう》だったようだ。化粧が甘かったのかと思った。

コンパクトをポーチに入れて鞄に戻し、一息ついてトイレを出て教室に入る。

首の後ろあたりに悪寒《おかん》を感じる。机に突っ伏していた顔をあげると、教室の全員が自分の顔を見ていた。ある者はニヤニヤとした笑みを貼り付けて、ある者は奇妙なものを見るような引きつった顔で。なにが起こっている？　椅子に座っているのに足場がグラグラと揺れるような感覚に襲われた。怖い。どうして、みんなこっちを見ているんだ。槙野も神妙な表情でこちらを見ている。なにが起きているのか皆目わからない。

自分よりだいぶ前の方の席にいるはずの遠藤が目の前の席にいる。

「夕作」

遠藤が夕作の顔の、左頬のあたりを指差しながら口を開く。

「それ、なに？」

血の気が引いた。そんな。まさか。それは、さっき確かめたはずだ。

「夕作」

慄《おのの》いて瞬きをした瞬間、夕作の周りには年齢も服装もバラバラな少年少女が座っていた。

ある男子は中学校の学ランを着て、ある女の子は赤いランドセルを椅子の背もたれにかけている。幼稚園児くらいの子供もいる。皆、一様に夕作を見ている。そして、全員が笑っている。顔の筋肉を、寸分違わず同じ部位を同じ力で吊り上げて。全身から汗が噴き出す。

そんなはずない。こっちを見ないで。お願いだから——


「夕作」

ガタッと音がして目が覚めた。自分が椅子を引いた音だ。

声がした方を見ると、前の席の男子がプリントを回してきていたようだ。

「これ」

「ご、ごめん」

少し苛立《いらだ》った顔でプリントをひらひらと揺らしている。受け取って、後ろの席に回す。

教室を見回すと、誰も自分のことなんて見ていなかった。今は二時間目の現代文の授業だ。夢だったようだ。シャツが少し汗ばんでいる。冷や汗をかいたのだろうか。夢の中で感じた悪寒がまだ体を支配していて、もう一度眠る気にもなれない。手を上げて、トイレに行くことにした。

早足でトイレに向かい、誰もいないことを確認すると恐る恐る洗面台の大きな鏡に近づき、顔を確認する。そこにはいつもと同じ、左右反転した自分が映っていた。朝見た時となにも変わらない。胸を撫で下ろしてトイレを出る。静かな廊下には教室で授業をする教師の声がほんの少しだけ響いている。なんだかそのまま教室に戻りたくなくて、保健室でサボることにした。「気分が悪い」と主張すればだいたいベッドを貸してもらえる。

階段で一階に下り、下駄箱を挟んで職員室と反対側へ向かう。保健室の扉を軽くノックすると「はーい」と声がして、中に入ると、水色のセーターの上に白衣を羽織った女性がこちらを振り向いた。養護教諭の野原だ。野原は夕作の顔を見るなり、やれやれといった風に困った顔で笑った。

「夕作君……最近見なくなったと思ったらまた君か」

「気分が悪いです」

「まったく」

そう言いながらもいつもベッドを貸してくれる。空いてるから使っていいよ、と招き入れられ、部屋の奥にあるカーテンの仕切りに入る。二台あるベッドの窓側の方に腰掛けると野原が体温計を持ってきた。

「一応測って。決まりだから」

「はい」

「悪びれないなあ君は」

　そう言ってどかっと夕作と反対側のベッドに腰掛ける。スプリングが深く沈んで、ぎりぎり肩に届かないくらいの野原の髪が反動で揺れた。

「何かあった？」

「特にないです」

「特に何もない人が授業中来ていいとこじゃないんだけどなあ保健室は。こら、先生が話してる時に寝るな」

　また困り顔で笑う。体温計を腋に挟んでいる間は体を動かせない。背中を陽光に照らされながら柔らかいベッドに腰掛けているとすぐに眠くなってしまう。ピピピッと機械的な音がくぐもって聞こえて腋から抜く。三十六・四度。野原に渡すと、彼女は軽く見てメモもせずすぐケースにしまった。

「一年生の時みたいに頻繁《ひんぱん》に来なくなったから安心してたんだけどなあ。山岸先生のクラスだっけ？」

「そうです」

「彼まだ担任もつの二回目なんだから、あんまり困らせないであげてよね」

「困らせてはいないと思いますけど」

「どうだか」

　クスクスと愉快そうに笑う。野原は三十代前半くらいの年齢に見えるが、小学校の保健室にいたおばあちゃん先生のような懐《ふところ》の深さを感じる。保健室の先生になる人というのはみんなこういう空気を持った人たちなのだろうか。

そういえば、と思い出したように口を開く。

「君最近、槙野さんと仲いいでしょ」

「え？」

ぽかんと口を開けてしまう。なんで野原がそんなことを？

「槙野さんから聞いたよ。面白い友達ができたって」

槙野から。どうしてだろう。槙野も最近保健室に来たのか。というよりも、野原の槙野を呼ぶ親しげな雰囲気は、頻繁に会う相手のことを語るかのような柔らかさを感じる。

「別に、仲がいいっていうんじゃないですけど。ちょっと借りがあって」

「それはいいことだね。夕作君がついにまともに高校生できそうで先生嬉しいよ」

野原は失礼なことを言いながら本当に嬉しそうに笑った。

「槙野は、よくここに来るんですか？」

「よくっていうか、うーん……まあ、自分で聞いてみな」

そういうと、野原は立ち上がって夕作の肩をポンと叩き、カーテンの仕切りから出ていった。デスクの方で物を片付ける音が聞こえる。

もう構ってくることもないだろう。上履きを脱いでベッドに横になり、真っ白い清潔な羽毛布団を被る。窓から差す陽の光がゆっくりと布団全体を温め始める。結局、眠るのはここが一番だ。首も痛くならない。

　枕に溶けていく思考の中で、ほんの少しだけ、槙野のことを考えた。


「おーい。そろそろ起きな」

　布団の上から肩を叩かれて目が覚める。唸りながら掛け布団から顔を出すと眩《まぶ》しくて仕方がない。もう一度布団を被り直そうとすると、こらっ、と引き剝がされた。

「寝すぎ。保健委員の子がお迎え来てるよ」

「え？」

　野原の腕時計を見ると時刻は十一時を指していた。もう三時間目が始まっている。あまりにも帰ってこないから人を派遣されてしまったようだ。この時間の先生は誰だったか。

「ああ……」

「あ、待って待って」

　布団から体を起こして床に足をつけたところで急に止められる。野原が夕作の左側の頬を指差す。

「ちょっとだけ落ちてる。直したほうがいいかも」

「えっ」

びっくりして頬を左手で隠す。寝返りを打って枕に擦ってしまったのだろうか。仕切りの向こうにはクラスメイトがいるのだ。怖くてシーツをぎゅっと握った。野原は待ってて、と言って仕切りから出ていく。部屋の入り口あたりにいるのであろう保健委員に「ごめんねーちょっと待っててあげて」と声をかけるのが聞こえる。

すぐに戻ってきた野原はポケットから夕作のものと同じブランドのファンデーションと手鏡を出して渡してきた。

「ね、ここに置いておいてよかったでしょう？」

「……はい」

「ほら、さっさと直しな」

「すみません」

急いで落ちてしまった部分を直す。少しだけだったので、幸いすぐに直せた。野原にお礼を言って道具一式を返す。

ベッドから立ち上がると、「迎えの子にもちゃんとお礼言いなさい」と背中を叩かれる。うちのクラスの保健委員は誰だったか。カーテンの仕切りを出ると、保健室のドアに寄りかかる遠藤がいた。

「大丈夫？」

「ごめん」

「いいよ。戻ろーぜ」

二人で野原に頭を下げて保健室を出た。もう六月なのに、布団から抜け出したばかりで少し寒く感じる。しばらく黙って歩いていると、急に遠藤が口を開いた。

「体弱いとか？」

「え？」

「いっつも寝てるし。たまに保健室いるし。さっきも、野原先生となんか喋ってた」

「えーと、まあ……ちょっと」

周りからそういう目で見られているとは思わなかったが、それはそれで色々と言い訳をつくりやすいかもしれない。

「教室戻って大丈夫か？」

「大丈夫」

お互い黙って、長い沈黙が始まる。階段に差し掛かったところで遠藤が再び口を開いた。

「夕作ってさあ」

そう言うと、また黙ってしまう。彼にしては珍しく歯切れが悪い。どうしたのだろうか。

「やっぱまた今度にするわ。ごめん」

遠藤はそう言って、誤魔化すように笑った。それから教室に着くまでの間、お互い一言も喋らなかった。

7

清潔なマンションのエントランスに並ぶたくさんの郵便受けに、ビニールカバーのかかった新聞を数軒分差し込んで自動ドアを出ると、大きめのレインコートが雨に打たれて音を立てる。反射的に、フードを深く被り直した。

六月も後半に差し掛かり、少し遅めの梅雨が始まった。

バイクに跨って再発進すると、ヘッドライトが照らすいつもの道を点々と咲く二色のアジサイが彩る。

雨の日は、さすがに槙野は公園にやってこなかった。小さな公園には東屋もなく、わざわざ傘をさしてまでタバコを吸う理由もないのだろう。

梅雨が好きな人なんてあまりいないだろうが、化粧崩れが怖い夕作にとっては人一倍嫌な季節だ。夜が好きだとは言っても雨が降っていては話は別で、早く済ませて帰りたいという一心で夜道を走る。中途半端に田舎なこの町のアスファルトは舗装が甘く、しっかりと均されなかった浅い窪みに大きな水溜まりがたくさんできている。水溜まりをタイヤが通過するたびに撥ね返る水が少しずつ長靴の中に入りこみ、靴下に染み込んでぐちゅぐちゅと音を立てるのをとにかく無感情で耐える。

販売所に着くとレインコートをハンガーにかける。振り返って所内を見回すと、何人かのバイトの配達員たちがタバコを吸ったりコーヒーを飲んだりしながらぐったりしていた。雨の中大量の新聞を配り終えて、家に帰るのすら億劫だ、という空気が充満している。夕作は雨の日も変わらず自転車で出勤するが、濡れたサドルを跨いで長靴でペダルを回すことを思うと突然足が鉛のように重たく感じられて、帰る気力を奪われた。申し訳ないが、一日くらい手を抜いた朝食でも祖母は怒らないだろう。作業台にあるケトルはすでに誰かが使って湯が沸いていたので、流しからマグカップを借りてコーヒーを淹れ、空いている椅子に深く腰を下ろす。これからひと月はこんな天気が続くと思うと、今まで以上に学校で起きていられる自信がない。そもそも、起きていようという意志すらないのだけれど。

梅雨だという一点を除けば、ここのところは平穏で何もない生活を送っている。ただ、最近なぜか槙野よりも遠藤が声をかけてくることが増えた。話の内容は授業のことなど、なんでもない世間話でしかないのだが、いつも何か別のことを話そうと逡巡するようなそぶりを見せる。この間保健室でサボった後、教室への帰り道で彼は夕作に何かを言おうとしていたようだった。クラスメイトであるという以上の接点のない自分に対して、一体なんの用があるというのか。教室での人との関わりは最低限で済ませてきたのに、槙野と接するようになってからどうもおかしい。

　そんなことを考えてしばらくマグカップを握りしめたまま天井を見上げていると、冷えていた自分の手がコーヒーから熱を奪っていった。


　季節柄、放課後は校庭で練習できない運動部が顧問と一体となって毎日体育館の奪い合いをしている。実績がないいくつかの部活はどうしても争いに敗れてしまうから、放課後直帰する生徒が増えることになる。

　一日の授業が終わり、ホームルームの前にトイレの個室に入り手鏡で問題ないことを確認する。廊下に出て教室に戻ると、扉の前でちょうど出てきた槙野と鉢合わせした。

「うわ、びっくりした。お疲れー」

　頷いてすれ違った瞬間、なんだかよくわからない違和感を覚えて足がとまる。上履きが摩擦でキュッと小さく音を立てて、それに気がついた槙野が振り向いた。

「え、どうかした？」

　はっきりといえないが、槙野が、どこか普段と違うと感じた。

「なんか……なんか、いつもと、違う？」

　尋ねると、槙野は不思議そうに首を傾げてから、ああ、と何かに気づいたように前髪を触った。

「美容室行くの面倒で、自分で切ったんだよね。もしかして変？」

言われてみれば前髪が少し短くなったようだが、夕作が気になったのはそんなどうでもいいことではなかった。何かもっと、あまりよくないことのような。眉間に皺を寄せて黙っていると、槙野は面白そうに一人で笑い始めた。

「夕作、気がつく男じゃん。そういうの、女子受けいいよ」

槙野が後ろを向いて歩き出そうとして長い黒髪がさらりと流れた瞬間、違和感の正体に気がついた。思わず、歩いていってしまう後ろ姿に駆け寄って手首を摑むと、驚いた顔で槙野が振り返った。

「えっ、ちょっと、ほんとにどうしたの？」

「タバコの」

小声で言うと、槙野がハッとした顔をする。

「タバコの匂いがする」

今まで、学校で槙野からタバコの匂いがするようなことはなかった。香水か何かで匂いを消していたのだろう。違和感の正体はそれだった。公園で何度も隣で吸われれば匂いも覚える。彼女がいつも吸っている銘柄のそれだ。

槙野は自分の髪の毛を鼻に近づけてすんすんと吸い込み、やってしまったというような表情をつくった。

「あー。消臭甘かったかも」

すぐにわかるほどではないが、気がついたら違和感は覚えるだろう。

「大丈夫なの」

「うーん……先生にバレてなきゃ大丈夫じゃないかなあ。友達は、まあ誤魔化せるよ。心配してくれたんだね」

「いや」

気づいていなかったにしては冷静な反応だ。自分がコンパクトをなくしたときとは大違いで、恥ずかしくなる。まあ、タバコ自体が見つかったというわけでもない。

そうこうしているうちに予鈴が鳴ってしまった。

「うわ、やば。トイレ行きたいんだった」

「ごめん」

「ううん、ありがと」

走り去っていく背中を見送って教室に戻るとすぐにホームルームが始まった。山岸が連絡事項を話している途中、空席に気づいて「槙野どこ行った？」と聞くと、席の近い女子がゆっくりした声でトイレですねーと答えた。槙野はホームルームが終わってしばらくたってから教室に帰ってきて、腹が痛いだとか適当なことを言って笑いながら友人たちと教室を出ていく。

いつも思うが、面白いくらいに冷静な人だ。肝が据わっている、とでもいうのだろうか。彼女が大きく感情の起伏《きふく》を見せるような場面がまるで想像できない。

　机から教科書を出して鞄に詰めている途中、机に影が落ち、何事かと顔をあげると大きなエナメルバッグを背負った遠藤が立っていた。本当に何の用なのだろうか。そろそろ話してくれないと、だんだん怖くなってきている。

「今日この後、暇？」

「……なんで？」

　これは、何かに誘われているのだろうか。普通ならまずは暇かどうかという質問に答えるべきかもしれないが、疑問が先に立ってしまう。

「ちょっと、話したいことあって……」

「俺に？」

　遠藤の、まるで異性に告白でもするかのような歯切れの悪さにどう反応すればいいのかわからなくなる。

「部活、ないの」

「今日はバレー部とテニス部に取られて体育館も廊下も使えないから、休みなんだよ」

「そう」

「大して時間とらせないから。ちょっとだけ。頼むよ」

「いい、けど」

遠藤の、なんだか真剣な雰囲気に押されて頷いてしまう。お願いの形をとってはいたが、有無を言わさぬ意志を感じた。自分はこんなに流されやすい性格だったろうか。槙野に続いて、またしてもクラスメイトと学外に出かけることになるなんて。

遠藤の用事に全く見当のつかないままどうでもいい話に相槌を打って、隣の駅のハンバーガーショップに向かった。新発売のシェイクを買って、二階のテーブル席に向かい合って座る。お互い何も言わず、一旦ストローに口をつけた。バニラ味のシェイクには砕いたチョコレートクッキーが混ざっていて、異常に甘すぎて美味しいとは言い難い。しばらく黙って飲んだ後に遠藤が「結構いけるな」と呟き、夕作はそれに関して何も言うことはなかった。

遠藤はコップの中身が空になっても、ストローを咥えては離しを繰り返して話を切り出してくれず、これは自分が聞かなければ始まらないかもしれないと考え夕作の方から口を開いた。

「あの、それで用事って」

「ごめんごめん、マジで話すわ」

遠藤は気合をいれるように天井を見上げてフーッと息を吐き、眉間を親指と人差し指で揉んだ。

「いや、まずは、最近変な感じで話しかけててごめん。気持ち悪かったよな」

「どうしたんだろうとは……思った」

「だよなあ」

そう言うと遠藤は本当に申し訳なさそうな顔になって、額の前で両手を合わせた。

「聞きたいことあってさ……どうにも勇気が出なかったんだ。嫌な思いさせて悪かった」

何を聞かれるのだろう。そんな前置きをされると、こっちが緊張してしまう。まさか、化粧のことが、バレたのだろうか。自分への勇気のいる質問なんて、それくらいしか思いつかない。でもだとしたら、わざわざ呼び出してまでそれを確認する意味はあるのだろうか。頼むから、何か別のことであってほしい。肋骨を裏から叩き始めた心臓を鎮めようとしていると、再び遠藤が口を開いた。

「夕作、最近、マッキーと仲いいだろ」

「マッキーって、誰？」

「ああ、ごめん。槙野のことだよ。槙野志帆」

なぜだかはわからないが槙野の話のようだ。よかった。とりあえずは、心配していたような内容ではなさそうだ。胸を撫で下ろして遠藤に向き直る。

「仲がいいのかは、知らないけど……話すことは、あるよ」

「そうか」

遠藤は腕を組んで、再び黙り込んでしまう。

「ええと……遠藤は、槙野と仲いいの？」

「うんまあ、仲いいっていうか、普通に友達なんだけど」

まだ、どうにも歯切れが悪い。質問の先が見えてこない感じがする。気づいたら入店してから店内のＢＧＭがループして、二周目に突入していた。しばらくして、遠藤は何かを決断したように夕作に向き直った。

「なんか、あいつ最近変なんだよ」

最近変、とはどのくらい最近のことを言っているのだろうか。夕作からしてみれば初めて話した時からずっと変な人なのだが、それは二人のみぞ知る文脈があってこそ感じられる変さであって、他の人から見ればどこにでもいる高校生の女子なんじゃないかと思う。しかし今の遠藤の言い方だと、今日のタバコの匂いに感づいたとかそういうことでもないようだ。

「変って、どんな？」

「それはうまく言えないんだけど、前よりなんとなく元気ないっていうか……俺、一年の時もクラス一緒だったんだよ。去年と何かすごい変わったとかそういうんじゃないんだけど、なんか雰囲気違うんだよな……たまにすげーぼーっとしてるし。友達と何人かで遊びに行こうって誘うときも、去年は毎回来てくれたのに、今年はほとんど来ないし」

「普段から、妙に落ち着いた感じは、あると思う」
「いや、それはそうなんだけど。なんて言うかな……なんかあったのかって聞いても、何でもないからって適当な冗談言って、笑って誤魔化すだけで。いつも一緒にいる竹田とか野中にも聞いてみたんだけど、あいつらが聞いても何にも答えてくれないらしいんだよ」

　話を聞きながら、これまでの槙野の振る舞いを思い返してみた。が、遠藤の言う変な槙野と、夕作の思う変な槙野を重ねることはできなかった。そもそも去年までの槙野を知らないというのもあるし、なんとなく元気がないとか付き合いが悪いだとか、そういうのは相対的に見られる情報を持っていないとわからないことだ。

「それで、最近よくお前と話してるのを見かけるようになって……嫌な気持ちにさせたら悪いんだけど、夕作、クラスで人と話してるとこほとんど見たことなかったから。マッキーが突然お前と話すようになって、びっくりしたんだよ。それでもしかして、夕作がなんか知ってんのかなって」

　彼は申し訳なさそうに話すが、その考えは当然のことだと思った。誰とも話さない無口な生徒が突然話すようになった相手が自分の心配する友達だったとしたら、そこに何かあったんじゃないかと思うのは自然だ。

　自分に何か心当たりがあるとすれば、夜の公園とタバコのことしかない。けれど、それが遠藤の言う槙野が元気がないことと直接関係あるのかはわからない。もっと前からそういうことをしていたという可能性もある。しかしそれは遠藤には話せない。

少しだけ考えてみたが、やはりそれ以外のことなんて何も思いつかなかった。思えば、槙野のことなんてほとんど何も知らないのだ。知ろうともしていないし知る必要もないと思っていた。

「ごめん、心当たりは、ないかも。俺は槙野のこと、ほとんど知らないから」

「いや、謝んないで。俺こそ、変なこと聞いてごめん。……そっかあ、ダメかあ」

遠藤はずるずると椅子に腰を沈めて脱力した。

「あいつ、意外と秘密主義なんだよなあ」

確かに、それはきっとそうだ。仲のいい友達にすら、タバコのことなどの一切を隠しているのだから。

「でも、なんで急にマッキーと仲良くなったんだっけ？　それは、なんかきっかけがあんの？」

「それは」

それは直接自分たちの秘密に関わってしまう。なんとか婉曲《えんきょく》な表現で伝えられないかと考えたが状況が特殊すぎて喩え話が思いつかなかった。悶々《もんもん》と押し黙っていると、遠藤が急に吹き出して笑った。

「ご、ごめん」

「いーよいーよ。なんか質問ぜめにしちゃって悪かった」

遠藤には申し訳ないが、槙野のことも夕作自身のことも、とりあえず隠し通すことができてよかった。それにしても遠藤は、ずいぶん槙野のことを心配しているようだ。

「遠藤は、槙野のことが大事なの」

「なんかそれ語弊《ごへい》あるな……」

遠藤は困ったように笑うと、唸って腕を組んで下を向いてしまった。失言だったかもしれない。謝罪の言葉を探すが、先に口を開いたのは遠藤の方だった。

「色々聞いておいて俺が何も話さないのって、なんか不公平だよな」

「別に、そんなこと」

むしろ夕作は話を聞いていただけだ。

「今から話すこと、秘密にしてくれるか？」

「ええと、うん」

何かを打ち明けられるような空気を感じて身構えてしまう。人の秘密を喋るような趣味はないが、深い仲でもない自分が彼の大切な話を聞いていいのかと不安にもなる。

「実は俺、音大、目指してるんだ」

「うん……え？」

急に、何の話かと思ったが、あからさまに体育会系の見た目をした彼から音大という言葉が出てきたことに驚いてしまった。

「音大って、音楽の大学の音大、だよね」

「そうだよ、他にないだろ」

遠藤は恥ずかしそうに顔をしかめた。

「母親が小学校の音楽の先生なんだよ。たまに自分でピアノのリサイタルとかもやってて。それで俺も小さい頃からピアノを習ってたんだ」

語り始めた遠藤の昔話を要約するとこうだった。

彼はピアノが大好きだったが昔から体が大きく、小学校でよく「遠藤がピアノなんて気持ち悪い」と言われていた。それが恥ずかしくなった彼はスポーツをやって見返してやろうと思い地元のクラブに入って野球を始めて、その面白さに魅了されていったのだ。しかしどれだけ野球に打ち込んでもピアノが好きだという気持ちは抑えられず、毎日野球の練習が終わった後、家で一人電子ピアノの鍵盤に指を走らせた。

「去年ここの高校に入って、音楽室にけっこうしっかりしたグランドピアノがあるのがわかってどうしても触りたくなったんだ。それで部活がなかった日の放課後に入り込んでそいつを触ってたら我慢できなくなって、時間を忘れて弾いてた。楽しすぎて、音楽室に忘れ物を取りに来たやつが入ってきたのにも気づかなかったよ。で、なんか視線を感じるなって思って振り返ったら、マッキーが立ってたんだ」

夕作には、なんとなくだがそのときの遠藤の気持ちが想像できて胃のあたりが音を立てて締まったように感じた。

小学生の頃のようにからかわれるかと思ったら、きれいだからもっと聴かせて、と言われた。仕方がなく何曲か弾いてやり、それから流れでピアノを弾いていたことについて色々と説明したらしい。すると槙野は、恥ずかしくなんかない、上手なんだから続けたほうがいいと、当たり前のような顔をして言ったそうだ。

そう語る遠藤の顔は穏やかだった。彼にとって、とても大切な出来事なのだろう。視線をあげて夕作と目が合った遠藤は、恥ずかしさが増したのか坊主頭をカリカリと掻いた。

「まあその、それがきっかけで、諦めてた音大をやっぱり目指そうって思えて。あいつにすごい感謝してるんだよ。だから、もしあいつが何かに悩んでるなら力になりたくて」

夕作は話を聞きながら思った。遠藤はきっと、いい人なのだろう。夕作のように、自分を無下にしない相手のことを疑うような捻くれたところがない。隠していることがあるのは自分と同じかもしれないが、彼と自分は人として決定的に何かが違うのだ。

「なんか言えよ。まあ、笑い話程度に思ってくれればいいから」

遠藤は誤魔化すようにそう言うと、空になったカップのストローを吸った。溶けた氷を空気と一緒に吸い込む音が、大柄な彼の緊張を伝えているように感じた。

「別に、笑わない」

「……そか」

遠藤は照れ臭そうに、嬉しそうに笑った。

そうしてしばらく無言で過ごした後、二人は席を立ってゴミを片付け、店を出た。

駅までの道のりも、二人はずっと無言のまま歩いた。改札を抜けてホームに上がる。どうやら夕作と遠藤は反対方向のようだ。次の電車まではお互いまだ少し時間があるようで、青いベンチに並んで座った。この辺りには高い建物はあまりなく、二階のホームからはここら一帯が見渡せる。背の低い街並みと、すごく遠くに見える青白い山が、ここが都会と田舎のグラデーションの中間地点にあることを感じさせる。学生の下校時刻とサラリーマンの帰宅時間の間あたりなのか、ホームはやけに空いていて静かだ。夕作がだんだん気まずくなってきてスマホをいじり始めると、遠藤が突然口を開いた。

「お前さあ」

横目で遠藤を見る。彼はホームの向こう、遠くに視線を向けたままだ。

「なんか変なやつだよな」

「そう」

「でも、いいやつだ」

もう一度彼を見ると、視線だけをこちらに向けて、面白そうに笑っていた。そうなの？と尋ねると、そうだよ、と返ってくる。夕作には、わからなかった。

「なんかちょっとだけ、マッキーに似てる」

「ど」

どうして、と言ったその声は、ちょうどホームに滑り込んできた電車によって掻き消された。電子音がしてドアが開くと、遠藤は大きなエナメルバッグを担いで立ち上がる。

「また明日」

そう言って空いた電車に乗り込むと、彼はすぐイヤホンをつけて席に座った。ドアが閉まる寸前こちらに手を振ってきたので、曖昧な頷きで返す。

大きな音を立てて電車が発車する。走り去っていく銀色を見送ると、誰もいない静まり返ったホームで、コンパクトを開いて自分の顔を覗き見た。

どこも似てなんていないと思う。見た目も、中身も。


家に帰ると、この時間にいつもテレビを見て過ごしている祖母がテーブルに着いて、何やら封筒を開けていた。

「ばあちゃん、ただいま」

声をかけると、祖母はやけに嬉しそうに頬を緩めて手招きをする。

「どうしたの」

鞄を下ろして向かいに座ると、祖母が見ているのは、夕作の学校の修学旅行費の振込用紙だった。嫌なものが来てしまった。

修学旅行は九月の中旬、夏休みが明けて二週間後くらいに予定されている。夕作の学校は進学校になろうとやっきになっており、わざわざ文化祭と重なる時期に修学旅行を設定してイベント事を減らし、勉強の時間を確保させようとしている。それが決まった年は大ブーイングだったそうだが、今在校している生徒たちにとってはすでに決まっていたことなので、残念ではあるが仕方がない、くらいの気持ちで受け入れている。しかし、夕作にとっての問題はそういうことではない。

短い期間ではあるが、寝食をともにするわけだし、同じ部屋で過ごして、ましてや風呂にも入る必要がある。

けれど抜け道はある。修学旅行は通常の学費から全額の費用が賄われているというわけではなく、保護者が学校に旅費を振り込む必要がある。つまり振り込まなければ修学旅行に行かずに済むのだ。

祖母が何も知らなければ黙ってやり過ごせばいいだけのことだが、振込用紙が郵送で来るとは思っていなかった。

「昔、おじいちゃんが生きてた頃、京都に行ったんだよ」

珍しく、祖母が小さな声で語り始めた。そういえば行き先は京都だったか。

「若い頃に行ったことがなくてね……行ってみたいって話していたら、おじいちゃんが定年になった時、連れていってくれてね。なんだかね、街並みの色が違うんだよ。ここらだって私は好きだけども、京都は綺麗だったよ、とても」

よほど気に入っている思い出なのか、祖母は幸せそうな表情で語った。京野菜の料理が美味しかったとか、清水寺はたどり着くまでの道のりが大変だったけど景色は最高だったとか。

きっと夕作にも京都に行って、楽しんできてほしいのだろう。祖母の優しさに胸が痛んだ。

だけど、無理なものは、無理なのだ。

「ばあちゃん」

祖母が一通り語り終えたところで、静かに切り出した。

「ばあちゃんには悪いんだけど、俺、修学旅行行きたくない」

そう言うと、祖母は眉尻を下げてしまう。

そんな顔をさせたいわけじゃない。けれど自分が行くところを想像してみても、修学旅行で起こるであろう様々な場面から、自分の姿が虫食いのように抜けて、思い描けない。

「……行きたく、ない」

本気で説得しようと思った。だけど少し、声が震えてしまった。すると祖母は横の椅子をポンと叩いて、夕作に隣に来るよう促した。黙って立ち上がり隣に座ると、祖母は優しく夕作の左頬に触れた。

穏やかに頬をさする祖母を、黙って見つめる。何十年も料理をして、洗濯をして、掃除をしてきた祖母の手は皺々で、けれど自分の頬を撫でる感触はびっくりするくらい滑らかだ。温かくて、柔らかい。

祖母は少し寂しそうに微笑むと夕作の頭を軽く撫でて、席を立って台所で夕飯の支度を始めた。

8

もはや覚えてしまったタバコの匂いが、煙とともに漂ってくる。

日中降りしきった雨が上がり、長らくびしょ濡れになりながら配達していた身としては、羽が生えたように体が楽に感じられた。早くに配達を済ませて帰路を走っていると、槙野が久しぶりに公園に現れた。

「今日は声かけなくても来るんだね。なんかあった?」

言われてみれば、いつも彼女から呼び止められていたはずだが、今日はタバコの光に気がついて、なぜか呼ばれる前にバイクを止めてしまった。

「別に。なんでだろう」

「夕作もきっと、話し相手のいない夜の時間が退屈になってきたんだよ。いいことだね」

そういうことではない気がするが、自分でもよくわからず黙ってベンチに座ると、なんか言いなよ、と小突かれる。

それからいつものように、槙野のたわいもない話を聞いた。友達のハマっているアイドルグループのメンバーの顔がいまいちピンと来ないとか、そろそろスイカバーの季節が来るのが楽しみだとか。楽しそうに、落ち着きのある声で話す彼女は、いつも通りの平熱だ。

つい最近の遠藤とのやりとりを思い返す。確かに短い付き合いの中でも、夕作から見た槙野に気がかりな変化はあるといえばある。学校で槙野からタバコの匂いがしたあの日以来、何度か同じように匂いが消えていない日があったが、そんなことを毎度指摘するのも気持ち悪いし、本人は一切気にしていない風だったので夕作からは何も言わないでいた。

それから、彼女の雰囲気だ。具体的に何がどうということはできないのだが、夜の公園にいるときの槙野は、日中教室にいるときよりも仕草や表情が心なしか幼く見える瞬間がある。学生らしくしているときが大人っぽくて、タバコを吸っているときのほうが幼く見えるというのも変な話だ。けれどその目に見えない小さな違和感は、会うたびにはっきりと感じるようになってくる。不安定に像が揺らぐ彼女の本質がどこにあるのか、今の夕作にはわからない。

遠藤には申し訳ないが、何かあったのかと聞くことはできない。少しでも互いの内面に踏み込むようなことを聞くのは、ルール違反のように感じられた。

ふと、今日はやけにタバコの減りが速いんだな、と思う。世間話をしている間にも二本は吸い終えている。タバコの減る速さというのは、吸いこむ量によって変わるのだろうか。悶々と考えているうちに冷静に疑問が湧いてきた。自分は今、槙野のことを心配しているのか？

いつも自分のことばかり心配しているような人間が、他人の心配などできるのだろうか。

「おーい、聞いてる？」

呼びかけられて、意識が脳内から眼前に引きずり出される。槙野が不思議そうにこちらを見ていた。

「ごめん。聞いてる」

「修学旅行の班、来週までに決めなきゃじゃん。夕作、誰と組むの？」

振込用紙が送られてきてからだいぶ間が開いたが、昨日の帰りのホームルームで連絡があった。好きな人と組んでいいから、来週までに班を決めろ、とのことだったか。部屋割りのための班だから男女混合にはできないというのを聞いて、クラスの何人かが文句を言っていた。

夕作はまだ、行く気にはなれなかった。祖母を悲しませたくない気持ちに、本当に行きたくない気持ちが少しだけ勝っている。

「組むような人、いないから」

「そんなこと言わないでよ。夕作、最近遠藤とか仲いいじゃん」

槙野の口から遠藤の名前が出て、なぜか自分の内側でぎくっという効果音が聞こえたような気がする。確かにあの日以来、今まで以上に遠藤から話しかけられることが増えた。

「仲いい？　のかな。わかんないけど。よく話しかけられる」

「ふーん。なんかきっかけあったの？」

「勉強教えてって言われてたまに教えるようになった。英語とか」

「へえ、いいじゃん。それ、向こうはもう仲良くなったって思ってるよ、きっと」

とっさに嘘をついてしまったが、槙野はなんだか嬉しそうに笑う。

けれど完全に嘘というわけでもない。事実最近、遠藤の部活がなくなった日は時々勉強を教えている。音大受験のためにセンター試験を受けなければならないが、一年生の時から全く勉強していなかった。他に事情を話しているやつがいないから夕作しか頼れないと泣きつかれたのだ。

「槙野も、遠藤と仲いいんだっけ」

「うん。普通に仲いいよ。去年も同じクラスだったしね」

「へえ」

知ってることをさも知らないかのように聞くのは案外難しいものだ。どこかで、知ってるんだけどね、という自分が顔を出しそうになる。

「あいついいやつだから。仲良くなれるよきっと」

槙野はまた一本タバコを取り出して火をつけると、突然背中を丸めて大きく咳き込んだ。むせてしまったのかなかなか咳が止まらず、背中をさすってあげたくなり手を伸ばすが、寸前で思いとどまって手を引く。

「ご、ごめんごめん」

顔を上げて、少し苦しそうに笑う。

「煙が変なとこ入っちゃったみたい」

目尻に浮かんだ涙を拭うと、タバコをくわえ直す。ゆっくりと吸い込んで、煙を長く吐き出すと、タバコ初心者が悪ぶってるみたいで恥ずかしいと、照れたようにはにかんだ。

槙野はどうして。

どうしてこんな時間に、こんなことしてるの。

そんな風に尋ねてみたいと、思ってしまった。だけどどうしてもできなかった。何も聞かないことが、夕作に踏み込まない彼女への礼儀なのだと、自分に言い聞かせた。

迷っている間にも、時間は刻々と過ぎてしまう。

どちらにせよ踏ん切りがつかず、優柔不断な自分への苛立ちが募る。その日はいつものように雨の中の配達で疲れ切って、午前も午後も寝てしまっていた。ホームルームの直前、遠藤に肩を叩かれて目が覚める。

「どんだけ寝るんだよ」

「疲れてて」

「まあなんでもいいけど。修学旅行の班、もう決めた?」

「いや、まだ」

だと思った、と遠藤は可笑しそうに笑う。

「どうせ誘われてないんだろ。うちまだ空いてるから、入るか? 俺と、あと葉山と豊岡がいるんだけど」

遠藤は最近夕作に慣れてきたのか、平気でいじってくるようになった。でもそれはきっと彼の優しさだ。だが葉山と豊岡とは一度も喋ったことがないし、二人だって急に接点のない夕作が来ても困るだろう。

「喋ったことないやつがいたら、ほかの人たちやりづらいよ、きっと」

「大丈夫だよそんなの。あいつらなんも気にしないから」

「でも……」

「あ……そっか、体、弱いんだっけか」

そういえば、そういう事になっているんだった。胸が少し痛むが、今はその設定を使ってやり過ごしてしまった方がいい。

控えめに頷くと、心配そうな顔でごめんと謝られた。

「無理にとは言わないから。行けそうなら、考えといて」

そう言うと席に戻っていってしまった。

まっすぐな彼を騙すのは簡単で、思った以上に罪悪感で胸の中が窮屈になる。すぐに山岸が来て、ホームルームが始まった。自分がどうしたいのかも、よくわからなくなってきていた。


憂鬱な気持ちは日をまたいでも晴れず、次の日は久しぶりに下駄箱の前で気力を失ってしまった。ホームルームのチャイムが鳴って、今日は本当に無理だ、と教室に行くのを諦めた。

保健室に向かう。ノックする音に返事が聞こえて扉を開けると、机で何かを記帳していた野原がこちらを振り返った。

「ちょっと、ホームルームもまだだよ。何してるの君?」

「体調悪いです。ベッド貸してください」

「こらこらこら、待ちなさいちょっと」

返事を待たずにベッドへ直行しようとするのを野原に止められる。

「とりあえずそこ座って、ちょっと待ってなさい」

少し怒っている声で言いつけられ、野原の机の横に座らされてじっと待っていると、湯気の立ったマグカップが机に置かれた。鼻の奥にスッと抜けていく、清涼感のある香りがする。

「それ飲んで、落ち着きなさい。ちょっと顔色悪いよ」

ハーブティーを啜ると鼻から抜ける香りが胸のつかえを軽くするのを感じた。何口か飲んで夕作が落ち着くと、野原は夕作の目の前に座って机に頬杖をついた。その顔はもう怒っておらず、いつもの困り笑いに戻っていた。

「どうしちゃったの。朝から来るなんてこと、今年はなかったのに」

「……ごめんなさい」

もう一口ハーブティーを啜って、一息ついてからまた口を開く。

「修学旅行に、行きたくなくて」

「ああ、九月の」

修学旅行という単語に、野原はそんなのあったね、と懐かしそうに反応する。

「ばあちゃんが、俺に行ってほしいって。でも、怖くて」

ふーん、と適当な相槌が返ってくる。

「意外。迷ってるってことは、ちょっとは行く気あるのね」

「行かなくても、いいと思いますか」

「それは私の決めることじゃないよ。まあでも、行けばいいのになーとは、思うよ」

君が怖いって思うのは、わかるけどね。優しい声でそう言われると、赦されたようで気が楽になる。しばらく二人して黙っていると、校庭から体育をする生徒たちの掛け声が響いてきた。真っ白くて静かなこの部屋で聞くくぐもった大声は、まるで別世界から響いてくるようだ。

「去年私が化粧に気づいたときの君の顔、忘れられないもん。あんなに怯えた顔されたら、こっちが傷ついちゃうよ」

「すみません」

「謝んなくていいの」

野原は席を立って、窓辺の流しでもう一つのマグカップにティーバッグを入れてお湯を注ぐ。

「私だって十年養護教諭やってるからね。君みたいな困った子には慣れっこなのよ」

「困った子ですか」

「そりゃもう」

笑いながら言われて、なんとなく頭を下げる。

「学校もここで三つ目だけどね。保健室にいると、学科の先生たちとはちょっと違ったかたちで生徒たちと接するから、いろんな子を見るんだよ。でもここに何度も来るような困った子は、みんな同じような目をしてる。大人になっちゃった私の口から、君たちのことがわかるだなんて偉そうなことは、言えないんだけどね」

野原はケトルから流れ出るお湯を眺めながら、昔話を語るような穏やかさで話す。水音がやむと、彼女はケトルを台座に戻して校庭に面した窓ガラスに背中を預けた。

「でもさあ、夕作君」

マグカップを持って窓辺に立つ野原の顔は、逆光で少し暗くなっている。表情がわかりづらくて、一瞬知らない人に見えた。

「君は自分を心配してくれてる人のこと、ちゃんと考えたことはある？」

野原は相変わらず優しく微笑んでいる。目をそらしたいのにそらせない。

わからない。この人が今、自分に向けている感情が怒りなのか、慈しみなのか、哀れみなのか。

とっさに、ごめんなさいと言いそうになるが、謝罪の言葉が正解だとも思えずまた何も言えなくなる。しばらく夕作が黙っていると野原は席に戻り、クスリと笑って夕作の肩を叩いた。

「ちょっと意地悪言っちゃったね。ごめんごめん」

いつもの調子で言われて、緊張が緩んだ。

けれど意地悪なんかではなく、野原が何かを伝えようとしていたことは夕作にもわかった。優しくされると、君にはまだ早かったね、とでも言われたかのようで惨《みじ》めな気持ちになる。

静かに、身の回りの全てをやりすごすように一人で生きていきたいと思ってきた。今でもそれは変わらない。そのはずなのに、どうしてこんなにも気持ちが揺れ動くのだろう。

「二時間目から、教室行きたいです」

「ん。いいよ」

9

「これ、なんだっけ。ｗｈｅｎ？　ｄｏｅｓ？」

「ｗａｓ」

「ああ、それだそれ」

英語の参考書の上で赤い透明シートをずらすと、赤いインクで印刷された単語が現れる。遠藤は悔しそうに、惜しかったなーと天井を仰いだ。全く惜しくない。

　七月も二週目に入り、来週にはもう期末試験が始まる。

「こんな全部似たような単語覚えるの、無理だ……」

「でも、前より随分ましだと思う」

「お前それ、褒めてないからな」

「そんなこと、ないけど」

　事実、小テストなどの遠藤の点数は少しずつだが上がっているように思う。彼が本気で音大を狙うために頑張っているのを肌で感じた。

「でも、お前の教え方わかりやすいよ。この前話したら、葉山たちも教えてほしいって言ってた」

「急には、ちょっと」

「わかってるよ。急に人増えても困るもんな」

　ほっと胸を撫で下ろす。遠藤は距離が近づいて慣れてきても、夕作が嫌がることはしないでくれる。

　放課後の教室には夕作と遠藤しかいない。窓の外では去りかけの梅雨が尾を引くように、穏やかな小雨が降り続いている。週末には台風が来るらしく、それが過ぎれば晴れて梅雨明けだろう。ようやく配達が楽になる。

遠藤が気を取り直して次のページに移ろうとした時、教室の扉が開く音がした。

「あ」

声がした方を見ると、槙野がよく一緒にいる女子二人が教室に入ってきた。背が低くて髪が少し茶色い方は、以前槙野が「ゆっこ」と呼んでいた野中だ。吊り目の、化粧をしたショートカットの方は確か竹田、だったか。

遠藤も二人に気づき、おう、と挨拶する。

「何してんのー」

野中がのんびりした調子でふらっとこちらに寄ってきて、竹田もそれについてくる。

「勉強してんだよ。見りゃわかんだろ」

竹田がふはっと面白そうに吹き出した。

「うっそ。なんで？」

笑い出した竹田に「悪いかっ」と遠藤が口を尖らせているのを横に、野中はじっと夕作を見ていた。

「夕作君が教えてあげてるの？」

「うん」

「二人、なんか最近仲いいよね。修学旅行も同じ班でしょ？」

野中がそう言うと、竹田が驚いた顔で夕作を見た。

「急に仲良しじゃん。喋ったことあった？」

竹田が聞けば、遠藤は、あー、と少し言いづらそうに口ごもった。

「あれだよ。お前らにも聞いた、マッキーのことで、前にちょっとな」

槙野の名前が出て、竹田は夕作の目をじっと見つめた。気の強そうな瞳に見据えられて竦《すく》んでしまい、堪えきれずに目をそらす。

「前から気になってたけど、志帆のこと、なんか知ってんの？」

「いや、何も……」

「竹田、夕作怖がってんぞ。目つき悪いんだよお前」

夕作が小さくなっているのを見かねて、遠藤が助け舟を出してきた。

「うっさいな、それ関係ないっしょ」

竹田は遠藤に反論してから、申し訳なさそうに夕作に向き直る。

「ごめん、なんか問い詰めてるとかそういうのじゃなくて。ただちょっと気になってただけで」

「ううん、大丈夫」

言葉遣いや見かけによらず、怖い人ではないようだ。

「てか遠藤、ほんと志帆のこと好きな。隠れていっつも心配してんじゃん」

「だから違うっつってんのに。そんなのお前らも一緒だろ」

「それは、まあね」

竹田は近くの椅子に座ってふうっと息を吐いた。窓の外を見ながら、もどかしげな表情をつくる。

「志帆、ほんと何も言ってくんないからな」

「最近、前よりすぐ帰っちゃうこと多いしね」

そう言うと野中は当たり前のように竹田の膝の上に座って、脱力したように背中を預けた。竹田も慣れたことのようで小柄な野中の腹のあたりに腕を回し、二人してはあ、とため息を吐いた。

しばらく四人して黙っていると、竹田が野中を抱く腕を少し強張らせて口をもごつかせた。

「あとさ、なんていうか志帆、最近たまに……」

竹田は言葉を切ると、微かに黒目を動かして夕作と遠藤を交互に捉え、それからすぐに視線を落とす。

「何だよ」

「やっぱ、なんでもない」

歯切れの悪い様子に遠藤が首を傾げる。竹田は小さくごめんとつぶやいてから顔を上げて、夕作を見た。

「……本当に何も知らないんだよね。志帆のこと」

「知らない。どうでもいいことしか、話してないから」

「まあ、本当になんでもないなら、それがいいんだけど」

「てかお前ら落ち着いちゃってるけど、何かしに来たんじゃないの？」

「ああ、そうだった」

遠藤の言葉にハッとして、竹田が野中を床に立たせる。

「ゆっこ、忘れ物あるんでしょ」

「あ、そうだった」

野中は自分の席に向かい、机の中をゴソゴソとあさって財布を取り出した。

「また財布ー？」

あったあったと嬉しそうに戻ってくる野中に、竹田は呆れた顔で言った。遠藤は面白そうに笑う。

「またって、財布よく忘れんのかよ」

「なんかねー。やっちゃうんだよね」

どこか抜けている性格なのか、野中の反省したそぶりのない態度がまた面白かったらしく、遠藤は膝を打った。

二人のやりとりを見ていると、ふと竹田からじっと探るような視線を感じて目が合う。

彼女は何か不思議そうな顔をして夕作の顔を見つめ、うーんと唸る。

反射的に顔を背けてしまう。彼女は化粧に慣れていそうだし、見たらわかってしまうのではないだろうか。

「夕作ってさあ、なんか……」

「な、なに」

しばらく唸ったあと、彼女は首を傾げて、やっぱなんでもない、と少し疑問符を混ぜ込んだ調子で言った。セーフ、だろうか。

「じゃあ、うちら帰るね」

「おお」

俺らももう帰るか、という遠藤の提案に頷いて、机を片付け始めた。


遠藤と竹田は反対方面の電車に乗って、夕作は野中と二人になった。

「夕作君、最寄り駅一緒じゃない？」

「そうだと思う」

「だよねー。駅で見かけたことあるもん」

小雨は降り止まず、じっとりとした空気で頭がぼんやりする。今日は夕飯を食べたらすぐに寝たい。

電車がホームに滑り込んできて、パラパラと降りてくる乗客を避けて乗り込んだ。

空いた席に二人で並んで座ると、大きなあくびが出そうになって噛みしめる。しばらく黙って窓上の広告を眺めていると、野中にシャツの袖を引っ張られた。

振り向くと野中は夕作の顔をじっと見つめている。怖くなって、俯《うつむ》き気味で恐る恐る尋ねた。

「何？」

野中はうーんと唸り、考えるように間を空ける。夕作はポケットの中のコンパクトをお守りのように握った。

「夕作君って、志帆ちゃんと昔から知り合いだったりする？」

すっと、コンパクトを握る手を緩める。安心した反面、質問が突然のもので困惑する。

「全然……なんで？」

「二人が話すようになったのは最近かもだけど、なんか前から友達だったみたいに、一緒にいるのが自然に見えるんだ」

「そう、なんだ」

竹田にはどこか遠藤のような、直情的なわかりやすさがあるように感じたが、野中には槙野とも少し違った捉えどころのない雰囲気があった。

子供のようにぼんやりしているように見えて、丸い瞳は眼前にあるものの深いところ、ここではないどこか遠くの景色を映しているように感じさせる。

野中は視線をふいと外して車窓に流れる景色に目を向けた。

「なんか、なんとなくだけど、似た感じがする。二人が」

「似てる？」

それは以前遠藤にも言われたが、どこが似ているのかまったくわからず考えるのをやめていた。ただ野中の口ぶりは、遠藤の時とニュアンスが違うように思える。

「どうして？」

「なんか」

雑音に混じって、遠くで踏切の鳴る音が聞こえる。近づいて、また去っていった。

「ここにいない感じ」

一瞬、野中の声以外の全てが静まり返ったかのように感じた。

その目が何を映しているのか、夕作にはわからない。

車窓の景色から一文字ずつ言葉を拾い上げるように話す野中の声は、電車の速さに取り残されてこぼれて消えていってしまいそうだった。

「ごめんね、変なこと言って」

「ううん、別に」

こちらを見上げてへらへらと笑う彼女を見ていると、ついさっきの言葉が考えて出てきたものなのか、なんとなく言っただけなのかわからなくなってしまった。

電車にこもった生暖かい空気が、二人の間にだけあった静寂を溶かしていく。

配達を終えて帰路を走っていると、空が仄暗い青に色づき始めていることに気がつく。

公園に来ていた槙野に竹田や野中と初めて喋ったことを話すと、そうなんだ、と驚いた後、嬉しそうに笑った。

「二人とも、面白いしいい子でしょ。仲良くしてあげてね」

「なんで、槙野が嬉しそうなの？」

「仲いい子と仲いい子が友達になるのは、嬉しいよ」

そういうものだろうか。夕作にはあまり親しみのない感覚だった。

あの二人の話になると槙野は随分楽しそうだった。二人のことがとても好きなのだろう。

昼間の竹田や野中との会話を思い返す。きっと彼女たちも槙野のことが大切なのだ。残念ながら自分は、他人の変化をあんなにも敏感に汲み取って身を案ずるような器量を持ちあわせていない。

槙野の吸うタバコの量はまた増えているように感じた。

彼女の調子はいつも通りだ。顔色は悪くないし体調が悪そうということもない。けれど時折見え隠れする幼さや、滲み出る諦念のような違和感は大きくなる一方だ。

槙野の中に、説明のつかない何か澱《おり》のようなものが溜まっている気がしてならない。

「槙野」

呼ぶと、槙野は煙を吹いてから顔を夕作に向けた。

「ん？」

悩みなんて毛ほどもなさそうな表情に、牽制《けんせい》されているように思えてしまう。

口をはくはくと動かしても空気が吐き出されるだけで、何かに禁じられているかのように言葉が出てこない。怖いからだ。夕作から彼女に踏み込むようなことをすれば、もしも彼女に踏み込まれた時にそれを拒む権利がなくなる。

自分が彼女への礼儀だと感じているもの、ルールだと思っているものは、つまるところただの保身でしかない。

これ以上自分から深く関わる勇気なんて、初めから自分にはない。

「なんでもない」

彼女は首を傾げると、変なの、と言って笑った。


週末、予報通り台風がやってきた。大粒の雨が窓を叩き、木々は一日中悲鳴をあげるようになびいた。その日の朝刊の配達は不可能と判断され、所長から休業日にすることが連絡された。

試験勉強をする気になれず、食事以外の全ての時間を眠って過ごした。

朝起きると、いつもの倍以上寝たからか頭に霧がかかったようにぼんやりする。部屋のカーテンを開けると、青すぎる快晴に無理やり意識を叩き起こされた。

期末試験初日、槙野は学校に来なかった。

10

槙野が学校に来なくなって三日が経ち、明日には期末試験が終わる。クラスはもう夏休みを迎えたかのような高揚感を醸し出していた。トイレから教室に帰る途中、竹田がこちらに向かって歩いてくる。冴えない顔だ。

「お疲れ」

「うん」

すれ違ってから、ねえ、と呼び止められる。

「志帆から、何か聞いてないよね」

「……何も」

月曜日からずっと、槙野は学校にも理由を言わずに休んでいる。竹田や野中も連絡が取れずにいた。槙野がいない間、二人はどこか居心地が悪そうに過ごしている。彼女たちは教室で孤立しているようには見えないし、特別仲がいいからといって三人組でしか喋らないというわけでもない。けれど彼女たちにとってはこの教室ではなく、槙野が居場所だったのかもしれない。

遠藤も、時折槙野のいない空席を見つめている。

竹田は窓に寄りかかってふうっと息を吐き、天井を仰いだ。ほんの少しだけ、泣きそうな顔に見える。

「なんでなんも言ってくれないんだろ……」

「……」

「志帆、いなくなったりしないよね」

「心配しすぎだよ」

たかだか三日学校に来ていないだけだ。はたから見れば、試験がいやでさぼっているだけにしか見えないだろう。

「そうだよね……うん、そうだよね」

おまじないのように繰り返すと、竹田は夕作に背を向けて歩き出した。

久しぶりに学校が静かだ、と思う。いつもと大きな違いなどないのだけれど、ふと、それは人に話しかけられる頻度が低いからだとわかった。そして、話しかけてくる人に元気がないから。

静かなのは好きだ。穏やかに、何もないような一日が終わっていくと心が落ち着く。そのはずなのに、みぞおちのあたりに重い塊《かたまり》がはいっているような不快感がずっと取れなくて、訳もわからず気持ちを持て余してしまう。

窓の外は相変わらず、白々しいほどの快晴だ。台風が過ぎ去ってから、空は夏の予告編のような雲ひとつない表情を見せ続けている。

台風が、槙野をどこかに連れていってしまったのだろうか。

ホームルーム前のざわつく教室に戻り、席について帰りの支度をしていると後ろから背中を小突かれた。振り返ると野中が立っていて、大丈夫？　と尋ねられる。

「何が？」

「夕作君、疲れた顔してるよ」

「そう、かな」

「志帆ちゃんのこと、心配？」

そうなのだろうか。

槙野の事情に踏み込みやすい場所にいたのに、何も聞かなかった自分に彼女を心配する権利などないのではないか。

なんなら自分は、槙野が学校に来なくなって、化粧のことを知る相手が消えて安心すらしているのではないか。もしそうならさすがに人でなしだ。この胸の重さも、そんなことを考えてしまうことへの罪悪感によるものなのかもしれない。

「今日、一緒に帰ろう」

そう言い残して野中が席に戻ると、ちょうど山岸が教室に入ってきた。

そのまま何とはなしに遠藤と竹田も一緒に帰ることになり、ぽつぽつと口数少なく帰り道を歩いた。駅に着くと竹田と遠藤と別れて野中と二人になる。ほとんど人のいないホームで、野中は知らない曲の鼻歌を静かに歌っていた。

試験週間は学校がいつもより早く終わる。電車は空いていて、窓の形をした光が気持ち良さそうに座席に横たわっている。

「夕作君さ、本当は志帆ちゃんのこと、何か知ってるんじゃない?」

「え?」

問い詰めるでも、確かめるでもない、ほとんど断定するような声音で言われて、驚いて野中を見ると「怖がらないでよー」と笑われる。

「なんで」

「前に教室で志帆ちゃんの話してる時、夕作君居心地悪そうだったから。知らないっていうより、言えないって風に見えた」

　柔らかくて飄々《ひょうひょう》とした口調は、初めて話した日に一緒に帰ったときと変わらない。一つ一つ、拾い上げるように自分の言葉を選んで話す正直な雰囲気から、この人には誤魔化すとかそういうことは通じないのかもしれない、と感じる。半ば屈服するような気持ちで頷いた。

「怒らないの」

「怒んないよ。怒るの、嫌いだし」

「野中は、槙野が心配じゃないの」

「心配だよ。すごく、すごく」

　真剣な丸い瞳に見つめられてたじろぐ。

「でも、何も言わずにいなくなったりするような子じゃないよ。だから、すぐにふらっと戻ってきてくれる気がする」

　野中の声はほんの少しだけ揺れていて、本当にそう思っているのか、それとも自分に言い聞かせているのかわからない。

「志帆ちゃんと一緒にいるとね、全部許してくれるようで安心するんだ。自分のいいところも良くないところも、全部肯定してくれる……っていうか、他人の性格とか考え方とか、いい意味で何とも思ってない、みたいな。夕作君にも、きっとわかるんじゃないかな」

　表現は違えど、それは夕作が感じているのと同じものなのかもしれない。小さく頷くと、野中は嬉しそうに微笑んだ。

「私、こんな感じで喋るのが遅いし、昔っからよく馬鹿にされちゃうんだよね。鈍臭いから、いらいらされちゃって、相手にしてもらえないことも多くて。でも志帆ちゃん、初めて喋った時から、なんていうか……私が言葉を探している間の時間を、必要なものとして扱ってくれる、っていうか。『ゆっこは人よりもいろんなことを丁寧に考えてるだけだよ』って言ってくれて、すごく嬉しかったんだよね」

　野中は大事な宝物を見せるような優しい笑顔で、ゆっくりとそう語った。遠藤が秘密を打ち明けてくれた時と同じだ。きっと野中も、槙野に心の中の柔らかな部分を守ってもらっていて、彼女のことが好きで、信頼しているのだ。

「でも時々、ああ、この子には入っちゃいけない場所があるんだなって、すごい遠くに感じることもある」

「入っちゃいけない？」

「好きな食べ物とか、どんな音楽を聴くのかとか、そういうのは知ってるよ。けど、どんなことが嫌いで、どんなことに悩むのか、とか。そういう心のゆるみというか、隙間みたいなものは、一つも見せてくれない」

野中の話す言葉の一つ一つが、夕作の感じている槙野への疑問や違和感と結びついて、ゆっくりと降り積もっていく。

野中の言う通り、彼女の心の中には絶対に人を入れない場所があるのかもしれない。誰かがその場所に近づきそうになると、気づかないくらい自然に、子供の手を引くようにそこから遠ざける。あっちにもっと面白いものがあるよ、となだめるように。

その相手が私たちじゃないのは悔しいけどねと、野中は眉を八の字にして笑った。

「志帆ちゃんに、夕作君にだけ言えるような何かがあるんなら、聞いてあげてほしい」

野中の言葉に迷わず頷かなくてはならないのは、わかっている。けれど夕作には、槙野が抱えているものがなんであれ、自分が力になれる姿など想像もつかない。

何かを言おうとして言えなくなる夕作の沈黙に、クセの強い車掌のアナウンスが追い討ちをかける。

夜の公園とタバコのことだって、ただの偶然だ。色々なタイミングが運悪く重なってしまった。隠し事を共有する関係といえば聞こえはいいが、要は弱みを握り合っているというだけの話なのではないか。

そうこうしているうちに、電車は夕作たちの最寄り駅に停車した。ドアが開き、駅名を読み上げる音声が時間切れを告げるかのように繰り返される。

すっくと立ち上がった野中の小さな背中を追って電車を降りる。

横に並べず黙ったまま後ろを歩いていると、夕作を許すように野中は少し振り向いて笑った。

梅雨が明けた夜はちょうどいい涼しさで、乾いた風が気持ちよかった。

試験の全日程が終わり、週明けの終業式の日まで学校は短い休みに入っている。

槙野だって、こんな過ごしやすい夜は公園に来てタバコをふかしたくなるんじゃないか。

何度もそんなことを考えたが、オレンジ色の光はどこにもない。無人の公園の前にバイクを止めて、いつも槙野が座っていたベンチに腰掛けてみる。じっとしていると、静けさで体が夜に溶けてなくなっていくような感覚になる。

遠くの自販機の駆動音《くどうおん》だけがどんどん大きくなる。一人だ、と強く感じる。そして、そう感じている自分に驚く。

みぞおちのあたりにあった重い塊が冷たい感覚に変わっていることに気がつく。体の奥の、手では触れられない場所が寒いといっている。

だめだ。これはよくないもののような気がする。

どろりと、粘度の高い冷えた液体が体の内側に流れ込んでくる。未知の感覚に体が震えた。いや、本当は、昔からこれを知っていたのかもしれない。

本当に？　いや、そんなはずはない。肉の内側を伝う、この冷たい液体の名前を、夕作は知らない。知らないはずだ。液体はとどまることなく流れ込んでくる。だめだ、栓をしなければ。栓を。

体の内側を塗りたくっていく悪寒の正体から目を背けるために、公園を後にした。

家についても食欲が湧かず、祖母の分だけ朝食を食卓に並べてすぐに部屋に戻り、化粧も落とさずにカーテンを閉めて布団を被った。とにかく寝てしまいたかった。自分が自分でなくなってしまったような感覚を、一刻も早く消してしまいたい。それなのに真っ暗で小さな部屋がいつもの何倍も大きく感じられてしまい、頭まで布団で覆っても体の真ん中はどんどん冷たくなっていく。寒い。自分はおかしくなってしまったのだろうか。

何度か時間をあけて祖母が扉をノックしてきたが、体に力が入らず布団から出られなかった。

そのまま無為に夜まで過ごした。昨日の夜から何も食べていない。さすがにお腹が空いてきて、電気をつけて立ち上がるとスマホが鳴った。

目覚ましの音じゃない。電話の音だ。スマホの電話の音なんてもう忘れてしまっていてなぜか警戒してしまう。画面を見ると、『遠藤　弦《げん》』と表示されていた。そういえば以前番号を交換していた。通話のアイコンを押して耳に当てる。

「もしもし」

「マッキーと連絡ついたっ」

鼓膜を突き破るくらいの大声で言われて体が揺れた。遠藤の声に叩かれたように心臓が大きく脈打つ。

「い、いつ？」

「ついさっき。竹田たちに連絡きて、あいつらが俺と夕作も気にしてるって伝えてくれたらしい。お前の番号聞かれたから、教えといた。多分しばらくしたらかかってくるよ」

「槙野、何て言ってた。大丈夫なの？」

「まあ、本人から言われるだろうけど、全然大丈夫そうだったよ。あいつ、ほんと心配かけやがってな」

「そうなんだ」

「やっぱお前も心配だったよな。学校だと普段通りだし、全然何ともないのかと思ってた」

言われて、体が少し軽くなっているのを感じる。

「わかんない、そう、なのかな……」

槙野が無事とわかったから、だけではないのかもしれない。遠藤の明るい声を聞くのも、久しぶりのことだった。

「まあいいや、そういうことだから、また終業式にな」

「うん」

電話を切って画面と睨めっこをしていると、心臓の鼓動がどんどん速くなるのを感じた。

じっと見つめているとすぐにまた鳴りだして、画面に知らない番号が表示され、一コールもしないうちに電話に出た。

「うわ、はやっ」

電話越しに槙野の笑いの混じった声が聞こえると体から力が抜けて、敷きっぱなしの布団に座りこむ。

「ま、槙野」

「夕作、久しぶり……そんな久しぶりでもないか？　元気？」

槙野の声は、想像通り、というより想像以上に普段通り過ぎて、まるで昨日も会っていたかのような口調だ。

夕作は今、自分がとてつもなく安心していることをはっきりと自覚した。槙野が、心配でたまらなかった。

「大丈夫なの」

「うん全然。なんか心配かけちゃったみたいでごめんね」

「今どこにいるの」

「九州の、お母さんの実家。おばあちゃんが倒れちゃってさ。急いで帰省することになって。ずっと良くならなかったからこっちがすごいバタバタしてて学校に電話するのも忘れてた。でも今朝回復して、もう心配なさそう。で、そういえば誰にも何も言ってなかったと思って」

「そう、だったんだ」

槙野の声を聞いているうちに、体の奥の冷たさが薄れていくのを感じる。

「試験勉強頑張ったのになー。なんか損した気分。おばあちゃん元気になったら、お小遣いせびろうかな」

「大丈夫。点数、多分大して変わらないから」

「ひどっ、なんか扱い雑になってない？」

「何も言わずにいなくなった、仕返し」

「だから、ごめんって。今度なんかお詫びするから」

電話越しに笑っているであろう姿を想像して、夕作も少し笑った。

「なんか夕作、ちょっとだけ明るくなった？」

数拍遅れて、冗談を言っている自分に驚く。

「わかんない……けど、ちょっとだけ」

嬉しい、と感じる。

「ちょっとだけ、何？」

「なんでもない」

「何だよ、気になるなー」

「こっちにはいつ帰ってくるの？」

「うーん、しばらくは、こっちにいるかも。九州、久しぶりだし」

「そうなんだ」

「うん。田舎の夏を満喫するよ。夕作も、ずっと一人でいたらダメだよ？　学校なかったら、ほんとに誰とも会わなそうだもん」

「機会があれば」

「まあいいや。そっち帰るってなったら、また連絡するよ。それじゃあね」

「ま、待って」

「何？」

呼び止めてしまったが、言いたいことがあるわけでもなかった。自分の行動が意味不明でたじろぐが、ひとまず何か言わねばならない。

「えっと、その」

電話越しの沈黙に、ゆっくりでいいよ、となだめられているようだ。

「た、体調とか、気をつけて」

少し遅れて、いつもの笑い声が聞こえた。

「な、なに」

「ははは……ううん、何でもないよ。ありがとう夕作」

じゃあ。また。

そんな挨拶をして、どちらからともなく通話を切った。スマホを机に置いて、階下に下りるとちょうど祖母が夕食を並べ始めていた。その夜はたくさんご飯を食べた。槙野について具体的な事情を知ったわけではない。けど、彼女は元気だった。今はそれでいい。

その夜は、布団に入るとすぐに眠れた。目覚ましの鳴る前に起きて化粧し、家を出る。家の前の通りにまばらに灯る街灯は、切れたものが交換されたのか明るさが幾分かましになっている。販売所に行って、仕事をこなした。

配達を終え、ふと、自分の中の何かに違和感を覚えた。その感覚はすぐには消えず、家に帰ってからも残り続けた。

昼になって、昼食と夕飯の材料を買いにスーパーに行こうと家を出た。強く照りつける日差しで、足もとに濃い影がくっきりと落ちる。夏だ。じりじりと揺れる影を見つめながら歩いていると、こめかみから細く汗が垂れた。

足を止める。今日は、とても暑い。

それなのに心の壁にこびり付いたあのどろどろした液体が、未だに冷気を発している。

終業式の日、下駄箱で靴を履き替えていると背中を強く叩かれた。だいたい誰だか想像はついた。怪訝な顔で振り返ると、やはり遠藤だった。

「おす」

「痛い」

「わるいわるい」

教室に向かって階段を上っていると、後ろから竹田がやってきて二人の肩を摑んだ。利き手側で体重をかけられた遠藤がぐらつく。

「うお、あぶねっ」

「おはよ、二人とも」

「重えよ」

「重いとか言うな。……てか、二人とも、この前まで、ごめんね」

竹田はしおらしく肩を落とす。

「何だよ、この前までって」

「いや、志帆と連絡取れなかった間、なんか取り乱しちゃって……空気悪かったかなって、思って」

「別に、竹田は悪くないだろ。連絡よこさなかったマッキーが悪いんだから」

「まあ、ね。でも、夕作もごめん。喋り方とか、きつかったかも」

「気にしてない」

「なんか俺ら、被害者の会だな」

「無用な心配させられた被害者の会？」

「それそれ」

「じゃあ慰謝料請求しよう。ご飯奢《おご》らせるとか」

二人のテンポのいいやりとりを聞きながら教室に向かう。ホームルームが終わると、体育館に移動してすぐに終業式が始まった。名前順で並ぶと夕作はクラスの最後尾になる。周りに話したことのある生徒は一人もいない。また少し寒気がする。

クラスメイトたちは、皆思い思いに夏の予定を話し合っている。部活をする、バイトをする、旅行に行く、髪を染める。

聞き耳を立てていると、高校生は夏だからという理由だけでこんなにもやりたいことがあるのかと驚く。夕作の去年の夏休みの過ごし方は、普段の生活から学校がすっぽり抜けるだけというものだった。

槙野は、いつ帰ってくるのだろう。帰ってきたところで、何があるというわけではない。また時々夜の公園で会うようになるというだけの話なのだが。

会いたいとでも、思っているのだろうか。自分はおかしなことを考えている。

夏、非行に走らないように。夜遊びをしないように。勉学に励むように。指導というより心配事の箇条書きのような校長のスピーチはなかなか終わらなかった。

終業式が終わり、笑えない量の宿題の束が配布され、ブーイングの嵐の中騒がしく夏休みが始まった。

「夕作」

大きなエナメルバッグを背負った遠藤がやってくる。

「夏休み、どっかで宿題一緒にやろうぜ。日曜日は練習ないから。俺一人だとぜってーサボって終わんないんだよ」

「うん」

「おっ、珍しい。乗り気じゃん」

「えっ、あっ、うん」

「なんでお前が驚いた顔すんだよ」

誘われて嬉しい、と思ったことに驚いた。遠藤との付き合いにはもう慣れていたが、今までは不安や拒否反応はない、というくらいで、自分から一緒にいたいと思うようなことはなかったのに。

それから今、寒さを感じない。なぜなんだろう。理由のわからない心の動きと不可解な変化に、自分自身がついていけない。

また連絡するわ、と言い残して遠藤は部活に向かった。

今までの自分にはなかった感情の回路が働いているように感じられて疲れた。自分の内面を見渡してみても明確な理由は見つからず、ぼーっと階段を下りていると一階の廊下を歩く野原と目が合った。

「あら夕作君、お疲れ。なんか顔色いいね」

「そうですか」

「何かいいことあった？」

「いや、なんか……寒くないっていうか……」

夕作の意味不明な答えを聞いて野原は視線を天井に向けて考えるそぶりをした後、それはいいことだね、と優しく微笑んだ。

遠くから、吹奏楽部が練習する音が聞こえる。

「夏休み、家に閉じこもってばっかりじゃだめよ。バイト以外でもちょっとは外出しなさいね」

「おんなじようなこと、槇野にも言われました」

槇野の名前を出した時、気のせいだろうか、ほんの少しだけ野原の表情が曇ったように見えた。

「そっか……槇野さん、大丈夫そうだった？」

「え？」

大丈夫？

聞かれている意味がよくわからない。おばあちゃんが心配で、ということだろうか。そもそも槙野が学校を休んでいたことを野原は知っているのだろうか。

質問の意図がわからず夕作が黙っていると、野原もあれっという表情をつくる。

「槙野さんと会ったんじゃないの？」

「いえ、電話で話して……おばあちゃんの具合がどうとかで、お母さんの実家にいるって」

「あ、……そうなんだ」

野原が困った表情になる。いつもの困り笑いじゃなく、何か考え込むような顔だ。

「槙野が、どうかしたんですか」

「いや、うん。なんでもないよ。ごめんね」

なんだ？　野原が何かを言い澱むようなところは今まであまり見たことがなかった。

「あの」

「ごめん、これから職員会議なのよ。夏休み、楽しんでね」

夕作に疑問を口にする隙を与えずに野原はいつもの調子に戻ると、それじゃ、と言って職員室の方へ歩いていってしまった。

今のは、一体どういうことだったのか。野原は前にも、槙野と親しいそぶりを見せることがあった。けど、普通の生徒は保健室の先生と仲良くなることはあまりない。なるのは、自分のような「普通」ができない生徒だけだ。

夕作の化粧の時のように、槙野の喫煙に気がついているのだろうか。そして、夕作も知らない、その理由についても。

夏が終わるまで、野原に会う機会はもうない。会ったとしても彼女の口からは何も教えてもらえないだろう。

下駄箱でローファーに履き替えて外に出ると、舞台美術のような嘘くさい入道雲が、青空をバックに立ち塞がっていた。

11

取り込んですぐの温かい洗濯物を手元に掻き寄せると、柔軟剤の甘い香りが鼻の奥をくすぐった。

ニュースでは白いノースリーブを着た女性の気象予報士が例年よりも厳しい暑さだと繰り返し伝えているが、毎年そんなことを言っている気がする。いつか地球は沸騰してしまうのではないだろうか。

夕作は居間で洗濯物を畳みながら、ぼんやりとカレンダーを見上げる。

夏休みに入って二週間が経った。平日は黒、土曜が青で日曜が赤い古典的なカレンダーには、ポツポツと祖母の予定が書き込まれている。町内会の集会、フリーマーケット、隣町の骨董市《こっとういち》、ご近所の村上さんとお茶。祖母は口数が少ないのに、元気、かつ社交的だ。夏休みや冬休みに入るとなおさらそれを実感する。今日は老人ホームに入居している茶飲み友達に会いに行っている。

殺人的にうるさい蟬の鳴き声にも慣れてきた頃、夕作は体の芯の方に感じる妙な寒さにも慣れ始めた。夏休みに入った直後は、配達の時間が一番寒かった。今まで好きだった時間をきつく感じるという事実がこたえた。自分で心配になって体温計で測ってみても、健康そのものといった数値しか表示されなかった。

家に帰り祖母がそばにいる時、それは少し和らいだ。

二人分の洗濯物を畳み終え、自分のものを部屋に持って上がりタンスにしまうとふと机においたスマホに目がいく。

こちらに帰るときにまた連絡する。そう言った槙野からは、あれ以来電話はかかってこない。夏休み前の、野原とのやりとりがずっと引っかかっていた。一度、こちらから電話をかけてみようかとも思ったが、それを行動に移す勇気はなかった。

着信履歴を開くと、一番上に最後に通話した日付があり、その横に『槙野志帆』と名前が表示される。

槙野は今も九州にいるのだろうか。別にそれを疑っているわけではない。けれど、彼女が抱えているであろう何かしらの問題は解決されていない気がする。

　階下に戻り、冷蔵庫の中身を覗き見てなくなりそうなものを指折り確認し、スーパーに行く準備をする。薄い財布を尻のポケットに挿して、玄関で靴を履き立ち上がると姿見に向き合った。自分の頬が映る場所を撫でると、鏡面がギュッと低い音を立てる。ポケットにコンパクトがあることを再確認してから家を出た。

　通りに出ると、目の前を小学生くらいの男の子たち数人が喚《わめ》きながら走り過ぎていった。彼らの頭の中はきっと夏一色に染まっている。平日の昼間に外を歩くと近所なのに見慣れない街にいるような気持ちになる。

　買い物を済ませて家に帰り、しばらくすると祖母が帰ってきた。夕食を食べてから部屋に戻ると、スマホに着信が入っていることに気がつく。すぐ手にとって確認すると、十分前に遠藤から電話がかかってきていた。夏休みは日曜日も練習が入ることが多いらしく、結局まだ宿題を一緒にやる約束は果たしていなかった。

　どうしよう。こちらからかけ直そうか。立ったまま悩んでいると、手元でスマホが震えだした。液晶に『遠藤弦』と表示される。

「もしもし」

「うお、早いな」

「えっと、スマホ、触ってたから」

じゃあかけてくれよと遠藤が笑う。夕作は声に出さず小さく笑った。

「明々後日《しあさって》の日曜、練習ないんだ。夕作も空いてたら、一緒に宿題やろうぜ」

「空いてる」

「暇そうだもんな」

「そんなことない」

「はは、悪い。じゃあ日曜な」

場所は、お互いの家の中間地点ということで学校がある駅近くの喫茶店で会うことになった。電話を切って、喉が渇いていることに気づき階下に下りる。冷蔵庫から麦茶を出して飲んでいると、視線を感じて居間を振り返る。祖母が夕作を見て微笑んでいた。

「ばあちゃん、どうしたの」

問いかけると祖母は、んっんっんっ、と喉を鳴らすように笑う。少し怖い。

「何?」

「何か、いいことでもあったね」

「え」

祖母は時々、夕作の心の動きを見透かしたようなことを言う。途端に恥ずかしくなって、何もないよ、と言って部屋に逃げた。

日曜日。学校のある駅に着くと、改札を出てすぐのところに遠藤が立っていた。背が高くて目立つのですぐにわかる。一学期最後に会った日よりも随分焼けていて、着ている白いTシャツと肌色とのコントラストがすごい。

「おす。元気してたかー」

「すごい焼けてる」

「お前は白すぎるだろ……あ、もうちょい待ってな。今竹田がトイレ行ってるから」

「竹田？」

「家近いから、最寄りの駅前でばったり会ったんだよ。したら、暇だからついてくって。悪い、やだったか？」

「ううん」

少し待っているとすぐに、遠くから竹田が手を振って歩いてきた。

薄ピンクのノースリーブによくわからない英語が太い文字でぎっしり詰まっている。

「おはよー。夕作、急にごめんね。今ゆっこも呼んだんだけどいい？」

「大丈夫」

「おい、宿題やんだぞ」

「何真面目ぶってんの。いいから行こ」

三人して駅前のチェーンの喫茶店に入る。人気店だが、正午を回ったばかりでまだあまり混んでいない。四人がけのテーブルに荷物を置いてからカウンターに向かう。夕作と遠藤はコーヒーを頼み、竹田は長い呪文のような名前の飲み物を頼んだ。

「ああ、あっつい」

「そんなに肩出しといてまだ暑いんだったら、もう脱ぎゃいいだろ」

「猿みたいなこと言わないでよ」

夕作ははじめ、この二人は仲が悪いのかと思っていたが、これは単にじゃれ合っているだけなのだと最近ようやくわかってきた。

飲み物を受け取り、遠藤は夕作の向かい、竹田は遠藤の隣に掛ける。

「てか遠藤、マジな真っ黒だね。野球部弱いくせに」

「弱いから練習すんだろ。上手くなりてえし」

「へー。夕作は最近何してたの？」

「おい」

遠藤の反論を相槌で一蹴すると、竹田は夕作に向き直った。

「えっと、特に、何も」

「え、ずっと？　バイトとかやってないの？」

そういえば、話題に上がることもなかったしアルバイトの話は学校でしたことがなかった。

「新聞配達は、してる」

「えっ」

二人の反応が重なる。意外だっただろうか。

「夕刊？　朝刊？」

「朝刊」

「クソ早起きってこと？」

「うん」

ウケる！　と言って竹田が笑い始めた。遠藤も意外そうに笑っている。そんなに面白いことを言っただろうか。

「なんかやっぱ、お前おもろいよな」

「何が？」

「いや、チョイスが。ていうか、授業中いっつも寝てるのってそれが理由？」

「うん」

新聞配達の話が物珍しいらしく、時給だのなんだのと色々と聞かれて答えているうちに、野中がやってきて夕作の隣に座った。竹田がここまでのくだりを野中に話すと、野中はいいな、羨ましい、やってみたいと子供のような反応を見せた。すると遠藤が、いかんいかんと鞄から宿題のテキストを取り出す。

「そろそろ宿題やろうぜ。喋ってるだけで終わりそうだ」

「えーもういいじゃん。私テキスト持ってきてないし」

「あ、今日ってそういう日だったんだ。理央ちゃん何も言ってくれなかったから私手ぶらだよ」

「お前ら、ほんとに何しに来たんだよ」

遠藤はため息をついて、テキストを開いた。

「二人で喋っててていいから、ちょっとやらしてくれ。夕作に教えてほしいとこもあるし」

竹田はしょうがないなーと、不服そうに飲み物を啜った。

「ていうか遠藤、何で最近そんな真面目なわけ？　すごい勉強してんじゃん。夕作にもよく色々聞いてるし」

聞かれて、遠藤は一瞬真顔になって夕作を見たが、すぐに目をそらした。

「まあ、来年受験だし。プロ目指してるわけじゃないから、いい大学目指そうと思って」

「ふーん、意外と考えてるんだ」

竹田は感心したように目を丸くすると、椅子にもたれかかって天井を仰いだ。

「ゆっこは、どっか決めてるんだっけ？　結構勉強できるし」

「でも、別にやりたい仕事とかがあるわけじゃないよ。本好きだから、なんとなく文学部とか考えてるけどね」

「あ、てかこの前高坂がさあ」

二人が世間話に花を咲かせ始めたのを見て、遠藤は宿題に集中し始めた。夕作も残るは四分の一ほどのところまで進んだテキストを開く。こういう店にあまり来たことがなかったが、店内は程よい音量でジャズが流れていて、なるほど何かに集中して取り組むのには最適のようだ。自分のテキストを進めながら、時々眉間に皺を寄せた遠藤の質問に答えた。宿題を終わらせたいというからテキストを写させてくれと頼まれるのかと思っていたが、遠藤は全部自分でやるつもりのようだ。彼は生真面目で、努力家だ。教えながら、がんばれ、と声に出さず胸中でつぶやいた。

「そういや志帆、まだ帰ってこないね」

どれくらい時間が経ったか。槙野の名前が聞こえて、夕作と遠藤も宿題をする手が止まる。

「長いよね。九州かあ。遠いなー」

「あいつのことだし、お母さんの実家の方にも仲いい友達とかたくさんいんだろ」

「妬いてんの？」

「しつこいぞお前」

遠藤は顔を赤くして怒ったが、野中に煮卵みたいだよと言われてしゅんとしていた。

「メールとかでやりとりしてるから、志帆ちゃん元気なのはわかるけど、直接顔見て安心したいね」

連絡は取れるようになったものの、もう一ヶ月近く会えていないのだ。いつも一緒にいる竹田と野中は槙野が恋しいだろう。

「こんだけ心配かけたんだから、マジでなんかしてもらわないと気い済まないなー」

「あ、クレープおごってもらおうよ。私と夕作君の地元にあるお店。すごい美味しかったって。夕作君一緒に行ったんでしょ？」

「え、二人で？」

「ああ、うん」

もう随分前のように感じる。中間試験の後だから、二ヶ月ちょっと前くらいだろうか。あの時は高校に入ってから初めて同級生と出かけるということをして、異常に体力を消耗した。今も、三人もの同級生と一緒にいて、不安を感じないわけではない。けれどもそれ以上に、体が軽くなるような心地よさを感じている自分がいた。不思議だった。

「え、なんか、付き合ってるとかじゃ、ないんだよね？」

「全然」

「珍しい。志帆、男友達と二人で遊ぶとかあんまりしないのに。よっぽど気が合うんだね」

「……どうなんだろう」

気が合う、という言葉は適切なのだろうか。そりが合わないというわけでもないのだが、何かに意気投合した瞬間は一度もない。いつもほとんど夕作が話を聞いているだけだ。

「あ、この話やめよう。野球の人が妬いちゃうから」

「お前まじでなあ……」

野中が言った煮卵という表現は案外的を射ていて、怒っている遠藤の顔色はそう見えなくもない。頭の中で、視界が捉える遠藤の顔と煮卵が合成され始めて奇怪な生き物が生まれる。

「ははっ……」

「おい、お前まで笑うなや」

「夕作君、声出して笑うことあるんだね」

随分失礼なことを言われている気がするが、確かに普段、大して笑ってはいないかもしれない。夏休みに入ってからはアルバイトと家の往復で、ほとんど表情筋を使っていない。

「そういえば夕作が笑うとこ、初めて見たかも」

「じゃあ何でよりによって俺の顔見ながら笑うんだ……」

「なんか、何でだろ……」

別に夕作は、笑わないわけではない。人より笑う機会が少ないだけだと思う。ただ、いまは単に面白いから笑ったというわけでもない感覚がある。

「寒くないから、かも」

「は？」

竹田が意味がわからないといった風にきょとんとする。

「いや、寒くないっていうか、暑いっしょ」

自分でも何と言っていいかわからないが、物理的に暖かいということが言いたいわけではなかった。二つの肺が酸素以外の身体に良いもので膨らんでいるような、自分がほとんど味わったことのないこの感覚をどう説明したらいいのか、うまい言葉を探り当てられない。

竹田と遠藤は解釈を求めて首を捻る。野中は、夕作の目をじっと見ている。

「……冷房？　効きすぎてた？」

竹田が店内のエアコンを探し始める。

「ごめん、違くてなんか、最近家にいると寒気がして……でもいま寒くないから……」

「え、お前」

何かに気づいたように、遠藤が身を乗り出した。

顔を覗き込まれて、反射的にびくりと肩が震える。

「な、なに」

そのままこちらに右手を伸ばしてくる。

「それ、熱あるんじゃねえの？」

「いや、あの」

体が危険を察知してさっと俯くが、遠藤が右手を、夕作の顔に伸ばそうとする。

「その、大丈夫、だから」

「ちょっとこっち向いてみろ」

右手が。

ごつごつとした大きな右手。

バットを握り続けた場所に硬そうな豆ができている。

「やっ」

心臓が激しく揺れて、絞られるように視界が狭まるのを感じる。遠藤の手のひら以外の輪郭が溶けて、指紋の一筋すら高波のような隆起を持って迫ってくる。

手が。顔に。触れたら。

遠藤の顔が、全く別人のぼやけた輪郭にすり替わる。

恐怖が炎のように頭を熱くして、沸騰した脳が記憶を揺り起こす。

「こいつ殴ってもばれねぇよな」

「嫌だっ」

怖くなって閉じた目の前で、何かが弾けるような大きな音がした。

何が起きた？　わからない。目を開ける。

三人があっけに取られたような顔をしている。

どうして？　何をした？

遠藤の手は夕作の肩あたりまで下がっている。手の甲がほんの少し赤い。じんじんと痛む自身の左の手のひらが、自分が何をしたのかを知らせていた。


「……夕作？」


遠藤が心配そうにこちらを覗き込む。竹田と、野中も。

心臓が暴れるように脈打ち始める。

遠藤の手を、思い切り叩いた。

自分が。

息が。

息が、苦しい。

「夕作、ねえ、大丈――」

竹田が何かを口にする前に、テキストと鞄を摑んで勢いよく席を立った。大きな音を立てて椅子が倒れる。けれどそれすら遠く聞こえて、飛び出すように店を出た。

大きな声が自分の名前を呼ぶのが聞こえたが、立ち止まれなかった。

電車にも乗らず、線路沿いを、ひたすらに走った。暑いのも苦しいのもどうでもよかった。

走っても走っても、転ぶことも轢かれることもなかった。

訳がわからないくらいずっと走って、気がついたらどれだけ力を振り絞っても足が前に進まなくなって、硬いアスファルトに膝をついた。

クラクラするし、頭がぼうっとする。立ち上がろうとすると下から胃を突き上げられるような感覚が湧き上がって、胃液とコーヒーと朝食べたものを吐いた。

口からお腹までつながる管が酸っぱくて潰れそうになり、日差しから逃げたくて這うように近くの木陰に入る。

ひんやりとした場所で両手を地面について体を落ち着ける。視界がぼやけて、手の甲にぬるい水滴がぽたぽたと落ちた。

ポケットの中でスマホが震えた。取り出そうとして地面に落とす。画面には、『遠藤弦』

と表示されている。しばらく眺めていると着信は止まった。遠藤から五回も着信が入っていた。かけ直すことはできなかった。

遠藤に手を上げてしまった。一緒にいた竹田と野中にも、嫌な思いをさせた。

調子に乗っていた。人と一緒にいて、それをこころよく感じるようになって、まともになったかのような勘違いをしていたのだ。

惨めで、自分を罰するようにアスファルトに手のひらをめり込ませた。

そのままどれくらい時間が経っただろうか、スマホには何度か着信が入って、遠藤と、竹田からだった。あたりはだんだんと橙色に染まり始めていた。

棒切れのような頼りない脚を叱咤《しった》して、両手をついてようやく立ち上がる。

どのくらい走ってきたのだろうか。風景に見覚えがない。鞄を拾い上げて、歩き出した。歩いても歩いても知らない風景が続く。いっそこのまま帰れなくてもいい。体は疲れ果てていたが、道が続く限り、罰を受け入れるように歩き続けた。

小一時間ほど歩いていると、ようやく見たことのある景色が現れ始めた。看板の錆びたガソリンスタンドと小さなパン屋が、顔の似ていない親子のように並列している。新聞配達で回る区画まで帰ってきたようだ。空の色は橙から深い紺色へ変わりつつある。スマホを起こすともう十八時を回っていた。祖母は今日は用事がなく家にいるはずだ。夕飯をつくって待っているのだろうか。沈んでいく夕日と点々と灯る街灯に急かされるように歩いた。

家に着く頃には二十時を回って、とてつもなく喉が渇いていた。鍵を開けて家に入ると、テレビの音も聞こえず家の中は静かだった。

かすかに煮物の匂いがする。玄関の姿見には疲れ切った顔の自分が映っていた。無言で靴紐をほどいて上がり、居間に入ると祖母がテーブルに突っ伏して寝ていた。向かいの席には、夕作の夕食にラップがかかって並んでいる。

優しさに、申し訳なさがこみ上げてくる。

「ばあちゃん」

疲れているのか、熟睡していて起きない。

いつもと違って、なんだか部屋の中が妙に生暖かい。エアコンをつけていなかったのだろうか。

「ばあちゃん。腰に悪いよ」

言って、揺すろうと肩に触れて驚いた。じっとりと汗をかいていて、小さく肩を上下している。

「ばあちゃん？」

ゆっくりと祖母の上体を起こす。力のない表情をしているのに顔がほんのり赤い。シャツの胸元が汗でぐっしょりと濡れている。呼吸が浅い。

「ばあちゃんっ」

明らかに様子がおかしい。体を冷ましてやるべきかと思い冷房のリモコンを手に取るが、なぜか冷房がつかない。まさか、故障したのか。

夕作は焦って救急車を呼ぼうと電話をかけるが、誤って警察に繋がった。救急にかけたことなどない。あたふたして要領を得ない夕作の様子を察したのか、救急の番号を教えてくれた。電話を切ってすぐにかけ直し、回らない舌で住所を伝える。

悪いことは重なるという。けれど、それが祖母に降りかかるなんて。

行き場のない恐怖と苛立ちで一瞬頭が真っ白になるが、何かしなければと体が震える。

たくさん汗をかいて水分を失っているだろう。なんとかして水を飲ませられないかと手を尽くしたが祖母は喉に力が入らないようで、口からこぼしてしまう。仕方なく水を飲ませるのは諦め、声をかけながら濡れたタオルで顔や首を拭った。

とてつもなく長い間待ったかのような気もするが、五分ほどだっただろうか。玄関で呼び鈴が鳴った。勢いよく玄関のドアを開けると、ヘルメットを被った三人の精悍な救急隊員が立っていた。

「夕作さんですね。おばあさんは？」

「こっちです」

失礼しますと言い、大柄な男性隊員三人が家に上がる。一番年長らしき男性が祖母に声をかけながら首や額に触れたり少しまぶたをあげたりしている。一通り何かの確認を終えると、後ろに控えていた残りの二人に担架を持ってくるよう指示を出した。

担架。聞きなれない単語を聞いて怯える夕作を振り返って年長の隊員が声をかける。

「おそらく熱中症ですね。ご高齢ですので、すぐに近くの病院に搬送しましょう」

「は、はい」

「今すぐ付き添えますか？」

「はい」

二人が戻ってきて、訓練された速やかな動作で祖母が担架に乗せられる。なす術もなく一連の流れを見ていると、行きましょうと声をかけられて、焦って後に続く。青白い車内に乗り込むとすぐにサイレンが鳴って発進した。救急隊員が祖母の汗を拭いたり声をかけたりしている。夕作は見守ることしかできない。当然のように、無力だった。

運転席から何度も電話だか無線だかで病院と連絡を取る声が聞こえる。受け入れ先が決まらないのだろうか。そんなこと、ニュースで見ているだけで自分とは無縁だと思っていたのに。しかしどれだけ夕作が焦ったところで何もできないことは変わらない。

年長の隊員が運転手と何かを話し始めて、急に夕作を振り返った。

「搬送先が決まりました。お待たせしてしまいすみません」

「ありがとうございます、お願いします」

しばらく走ってから救急車はどこかの病院の入り口で停車した。名前を聞くと、この辺りで一番大きな大学病院だった。

祖母が車から降ろされ、テレビでしか見たことのないような台車に乗せられて運ばれていくのを夕作は追いすがった。治療室に着くと、出てきた医師が心配ありませんから後はお任せくださいと、夕作を安心させるように柔らかく言う。

通常の診察はもう終わっている時間で、院内の廊下にはほとんど人がいない。緑色の椅子に力なく腰を下ろす。

自分が人にひどいことをしたバチだったら全て自分が受けるべきだ。どうか祖母を助けてほしい。宗教なんて何も知らないが、知らない神さまに無作法に祈ることしかできない。

立ち上がって歩き回ったり、椅子に掛けて脱力したりを繰り返していると、治療室から先ほどの医師が出てきてにこやかに話しかけてきた。

「夕作さん。おばあちゃん、もう大丈夫ですよ」

「あ、ありがとうございます」

「おばあちゃん、体力ある人だね。今はリラックスして寝てるけど、点滴打たせてもらったから、起きたら元気になりますよ」

「そう、ですか。よかった……」

祖母がアクティブな人で本当によかった。家にこもりきりのような人だったら、基礎体力がなくてもっと弱ってしまっていただろう。医師は人を安心させる作法を体現するような穏やかさで、祖母の容体について詳しく説明してくれた。

「君、お孫さんかな？」

「はい」

「お母さんか、お父さんにご連絡させていただきたいのだけれど、差し支えなければ連絡先を教えてもらえますか」

「……はい」

さすがに、祖母が倒れたことを両親に言わないわけにはいかない。胃のあたりをぎゅっと摑みながら、実家の連絡先を伝える。

一通り説明を受け、眠った祖母を運ぶ看護師たちと一緒に病室に向かう。いくら体が丈夫だとはいえ高齢者の熱中症は甘く見てはいけないらしく、もろもろの検査をするために少し入院することが決まった。

顔色も良くなって、白い布団に包まれてスヤスヤと眠っていると皺くちゃな赤ん坊のように思えてくる。落ち着いたら、とても喉が渇いていることを思い出した。

病室を出て、自販機のある休憩スペースで麦茶を買った。口をつけると喉が自覚していた以上の渇きを訴えてきて、ボトルを潰すように飲み干してしまう。麦茶をもう一本買って、休憩スペースを後にした。

治療室の並ぶ一階の廊下は白くてほのかに緑を感じるような、いかにも病院といった照明だったが、入院患者のための三階から上のフロアは穏やかな暖色で照らされている。優しさの中にひと匙《さじ》の緊張感を混ぜた独特の匂いが、どこか怖い。

祖母は四人部屋に通されたが、このフロアには重篤患者のための一人部屋も並んでいる。乳白色の引き戸の横には表札のように一人分の名前だけが記入されている。この人たちは、ここが最後の家になるのだろうか。

いつか祖母にも、こちら側に通されるような日が、来るのだろうか。

延々と続く病室を無遠慮に眺めていると、一番近くの部屋のドアが開いて反射的に目をそらす。他人の顔を見たくない気分だった。早く祖母の病室に帰るべきだ。


「夕作？」

突然、後ろから名前を呼ばれた。

なぜ、こんなところに自分の名前を知っている人が？

聞いたことのある声だ。

何度も聞いた、落ち着いた女の子の声。

最後に聞いたのは、電話の向こう側の、遠く離れた場所から。

振り返る。

開いた病室の前に、槙野が立っていた。

「ま、きの？」

唇から意図しないかたちで言葉がこぼれる。足元で、持っていたペットボトルが鈍い音を立てた。

九州は？　おばあちゃんは？　連絡は？　夏休みは？

混乱して、疑問が口から出られずに頭の中で反響する。目の前にある状況と頭の中の認識が一致しない。けれど、祖母が運ばれた大学病院に槙野がいる。それが事実だ。

槙野も、ぽかんとした、意味がわからないといったような顔をしている。

まさか、槙野は、何かの病気なのだろうか。それなら野原が事情を知っていて、心配していたという道理も通る。

けれど、それも違う気がする。目の前の槙野は入院服ではなく、ジーンズにグレーのパーカーという私服姿だ。病人には見えない。

ふと、槙野が出てきた病室の表札を見る。

「仲畑修介　様」

槙野、じゃない。

女性でもないなら倒れたという槙野の祖母でもない。

なら、誰が？

ぐるぐると疑問が巡って止まらない。

「えっ、と。久しぶり、夕作」

槙野は隠すように、後ろ手に病室のドアを閉めた。

「なんで」

やっとの思いで出てきた質問は、たったの三文字だった。何を聞いているのか、自分でもわからない。槙野は、困り笑いをつくった。

「ちょっと向こう、行こうか」

それ拾いなよ、と言われて足元のペットボトルを拾う。槙野の後ろについて、さっきまでいた休憩スペースに戻った。

自販機に向かう槙野の後ろ姿を、幻でも見ているかのような気持ちで眺める。彼女も驚いてはいるのだろうが、至っていつもの調子だ。夕作が取り乱して槙野は平然としているという構図は、何が起きても変わらないのだろうか。

槙野は買ったココアを一口飲むと、ふうと一息ついて夕作を見た。

「なんで病院なんかいるの？　元気そうだけど」

それはこっちのセリフだ、と心底思う。

「ばあちゃんが、熱中症で倒れて」

「えっ、大丈夫だったの？」

「うん、大丈夫、みたい」

「そっか。よかったね」

槙野は安心したように微笑んだ。どうしてこんな訳のわからない状況で、そんな顔ができるんだろう。

「槙野は、どうしてここにいるの」

たっぷりと沈黙を挟んでから絞り出すように尋ねる。

自分から槙野に質問することを避けてきた夕作にとっては、それだけでも勇気を振り絞る必要があった。

けれどこんな場所で会ったこと自体、彼女の事情に踏み込んでしまったことを意味している。もはや何も聞かないことは、できなかった。

槙野は窓の外、ポツポツと民家に明かりの灯る光景を眺めて押し黙る。夕作はその横顔をじっと見つめた。

何かを決めたのか、うん、と頷くと槙野は夕作に向き直り、唇の前で中指と人差し指を動かした。

「一服していい？」

頷いて、椅子を引いた。

当然院内は禁煙だ。二人で一階に下りる。病院の正面玄関はすでに閉まっていたので、建物の端っこにある非常口から外に出た。

槙野はコンクリートの壁にもたれかかり、ポケットからいつものタバコを取り出すと火をつけた。一ヶ月ほど会っていなかっただけだが、匂いを嗅いだら懐かしい気持ちにさせられる。夕作の中で、この匂いと槙野の存在は同じ記憶の箱にセットになって入っている。

漂う副流煙の形をながめていると、槙野が蓋の開いた箱を夕作に向けて差し出した。

意図がわからず、並んだフィルターの列と槙野の顔を交互に見る。

「吸う？」

槙野からタバコを勧められるのは初めてで、少し驚いた。彼女なりに動揺を隠しているのだろうか。

受け取っておくべきなのだろうか。逡巡して、今はやめておくことにする。正直に断ると、大して残念そうでもない声で、つれないな、などとぼやく。

吸い終わるのを待つ間、何度か昼間の遠藤たちとの出来事がフラッシュバックして胸が詰まった。今は思い出したくなくて、意識の底に無理やり沈める。

槙野は壁にもたれて、ずっと月を見上げていた。そうしているうちに短く縮んだタバコを消して、携帯灰皿の中にしまう。よし、と小さく聞こえた。

「ついてきて」

非常口を開けて歩き出す槙野を追う。心なしか、後ろ姿がこわばっているように見える。近くの階段を上って、三階の、槙野がいた病室の前にたどり着く。槙野は扉を開けると、ためらうように立ち止まってから、入っていいよ、と小さな声で言った。

彼女の平熱が、少しだけ揺らいで見える。

先ほどまでと少し違う槙野の雰囲気に緊張しながら、病室に入る。個室の中の明かりは弱められていて、外の廊下より少し暗い暖色の光で照らされている。

窓辺に、一台の大きなベッドがある。

そこに、痩せた男性が目を閉じて横たわっていた。

年齢は、四十代くらいだろうか。痩せこけた頬と土のような色をした肌のせいで正確な年が判りづらいが、少なくとも夕作の祖母よりはずっと若く見える。

口には呼吸器がついている。点滴といくつかの管に繋がれていて、ベッドサイドに設置されたモニターにはテレビでしか見たことがない心電図が弱々しく波打っていた。

サイドテーブルに、槙野が吸っているのと同じ銘柄のタバコが、フィルムがかかったままで置いてある。

槙野は振り返らないし、何も言わない。横たわる男性を、じっと見つめている。

よく見ると、目元がわずかに槙野に似ている気がする。部屋の表札の名字は槙野ではなかったが、血の繋がりがあるのだろうか。

「……お父さん？」

槙野は首を振る。

「大事な人」

ひどく抽象的な言い方だった。詳細に説明するのが躊躇《ためら》われるのか、それとも既存の関係に当てはめるような言葉を使いたくないのか。あるいは、そのどちらもか。

「先生からは、もうあんまりもたないって言われてる。一学期の頃、何度か危なかったんだ。期末試験のとき、今までで一番大きな山が来て。それでつきっきりだった」

振り返らない槙野の横に並んで、男性の顔をはっきりと見る。よく見るといかめしい造作の顔だが、穏やかな表情で眠っている。それがかえって、衰弱しているのを強調しているようだ。

サイドテーブルに置いてある、タバコの箱を手に取る。いつも槙野が吸っている、白と緑色の箱。

「夕作、知ってる?」

言われて横を見ると、槙野はいつもより控えめに微笑んでいる。薄明るく照らされたその表情は、息を吹けば消えてしまいそうに見える。

「匂いってね、記憶の中で、一番強く残るんだよ」

ずっとずっと、忘れないくらい。

槙野は、それからじっと男性の顔を見つめて、黙った。

さっきまで吸っていたタバコの匂いがする。今まで夕作にとって、それは槙野の匂いだった。槙野が好きな、タバコの匂い。

けれど今自分の手の中にあるそれは多分、何かもっと切実な意味を持っている。

静かだった。外を走る車の音さえ聞こえない。じっと黙っていると、呼吸器から薄く漏れ出す、空気の擦れる音が聞こえる。

生きている音だ。今にも途切れてしまいそうな、頼りない音。横たわる男性を見つめながら、これから、自分の祖母はあとどれくらい生きられるのだろうと、途方もない気持ちにさせられる。

夕作。囁くように名前を呼ばれて、隣を見る。

「今は、これくらいで許してくれないかな」

夕作をまっすぐに見つめる瞳は、いつもと同じ穏やかな雰囲気だった。けれど今は、その色が違ったものに見える。

きっと、深く深く、どれだけ潜っても底に届かない、槙野の心の深海に繋がっている。

「うん」

「ありがとう」

いつかちゃんと、話すよ。そう言うと踵《きびす》を返して廊下に出てしまう。夕作も慌てて後を追う。その「いつか」が指すのがどんな時なのか、あまり想像したくなかった。

槙野が病室の扉を閉める。明るい廊下に出ると、同じ病院の中なのに、病室の中と外で空気が違うように感じた。病院の外と中、それから個々の病室は、見えない膜で隔てられていて、中へ中へと進むほどこの世から離れていくように感じる。不謹慎だとわかっていても、夕作にはそれがどこか心地よかった。

「ふうっ、緊張した」

槙野は胸に手を当てて大きく息を吐いた。急に大きな声を出されて驚く。

「ありがとうね、夕作。久しぶりに友達に会えてよかったよ」

すっかりいつもの調子だ。さっきまでのほんの少し張り詰めた緊張感はもう微塵も感じられなかった。

「今日のこと、他のみんなに言わないでね」

「え……」

「何も話したことないし。心配、かけたくないから。お願い」

もう十分心配をかけているのがわからないわけじゃないだろうに。それに、そうまでして知られたくないことの一端を見てしまったことに、罪悪感を覚える。

「俺なんかじゃ、だめだよ。遠藤や、竹田や野中が知るべきなのに」

槙野は困ったように微笑んで、首を傾げる。

「みんな、心配してる……槙野、様子が変だって。学校にずっと来られなかった時だって、竹田、すごく不安そうだった。野中だって、いつもぼんやりしてるのに、すごく、真剣な顔で……遠藤のことだって、聞いた。遠藤は音楽のこと、ずっと感謝してる。みんな、槙野のこと知って、力に、なりたいって。なのに、なんで……」

今までにないくらい、まくし立てた。必死で、今日しでかしたことへの罪滅ぼしのように、伝えようと。息を切らす夕作を、槙野は黙って見つめる。

「……なんでだろうね」

槙野は俯いて、独り言のようにそう言った。それから小さく、ごめんね、とささやいた。

謝りたいのは夕作の方だった。一方的に、しかもおそらく槙野が望んでいない形で彼女の隠し事に踏み込んでしまったのに、何も明かしていない自分が、卑怯に感じられて、やるせない。

「俺、どうすればいい」

「え？」

「勝手に、槙野が知られたくないこと知って、俺だけなんだか、よくない」

槙野はあははと、いつもの声で笑った。

「夕作って、変に律儀なとこあるよね」

じゃあね、どうしようかな。槙野は楽しそうに腕を組んで考え始める。痣のことや、化粧のこと。数値化なんてできないのだが、槙野が自分のことを明かしたくらいの割合までは話す義務があると思って、覚悟する。

「夕作がお金貯めてる理由、知りたいな」

「え？」

「初めて話した日、聞いたけど答えてくれなかったでしょ。遊ぶためでもないし、彼女がいるわけでもないなら、なんでか気になるな」

「そんなの、隠し事でもなんでもない」

「いいじゃん、私が知りたいだけなんだから」

本当に、酷なくらいの優しさだ。夕作が話したくないことは、何も尋ねるつもりがない。けれど彼女の優しさの理由がわからないのなんて、元からだ。

「……遠くに、行きたいから」

「遠く？」

「生まれた場所から、遠くに離れれば離れるほど、自分じゃなくなれるような気がして……知らない土地の、知らない大学に行って、目立たない仕事に就いて……逃げたいんだ。

自分の体と深く繋がってしまっていること全てから、遠く離れたい」

数時間前までは、その気持ちは間違っていたのかもしれないと、ほんの少し思えた。うまくやっていけるような気がしたのだ。遠藤や、竹田や野中と。

結局、勘違いでしかなかった。

夕作がゆっくりと話す間、槙野は相槌も打たずに黙って聞いていた。

槙野は話を噛み砕いて飲み込むような間を作ってから、そっか、と頷いた。

「ありがと、夕作」

「何もしてない」

「ううん。おばあちゃん、お大事にね」

「ありがとう……その……」

病室の表札に目をやる。「仲畑修介」さんが、槙野にとって何に当たる人なのかがわからず言葉に詰まる。

「あはは、ありがと。友達がお大事にって言ってくれたって、伝えておくよ」

お大事にと言うのが正しいのかすらわからなかったが、わからないなりに頷いて返す。

「じゃあ」

「うん、おやすみ」

手を振られて別れる。祖母の病室に一度立ち寄り、細かな皺の刻まれた手を撫でてから病院を後にした。

12

仰向けになった体が、意思が、鈍く重く縛り付けられている。古いペンダントライトから真っ直ぐに降りる紐が、見えない力の直線で夕作の体を床と縫い付けてしまっているかのように感じる。心に、重力が働いている。

家の中の空気が止まっている。家主の帰りを待ち沈黙する木造の静寂は安息を与えてくれない。

ぐっと力を入れてうつ伏せになり、両肘をついて上体を起こしてみる。その姿勢のまま力が入らず数秒間固まって、それからまた意を決して布団から抜け出した。陽の光が緩く照らす台所に下り、昨晩配達の後に買ってきた食パンを一枚トースターに放り込む。水道水をそのままグラスに注いで、不揃いに切ったきゅうりとハムをトーストに載せた。

夕作はこの家で、朝一人で食事をしたことはほとんどなかった。夏休みだから、通学する小学生たちの騒ぎ声も聞こえない。骨を伝って自分の咀《そ》嚼《しゃく》音《おん》だけが聞こえてくる。

まこと。

何も考えずに口を動かしていると不意に、低く、鋭利な音の声に名前を呼ばれた気がしてびくりと顔を上げる。

ひと組の夫婦が、夕作と共に四角いテーブルを囲んで席についている。男は感情の読み取りづらい瞳を角ばった眼鏡のフレーム越しに夕作に向け、女は何も聞こえていないかのように食事をしている。

とても疲れている。精神的にも肉体的にも。体が、勝手に嫌なことを思い出させようとしてくる。一度顔を洗ってすっきりした方がいい。ふうっと息を吐いて立ち上がり、ここには自分しかいないことを再確認する。

洗面台へ向かい蛇口をひねる。手のひらに溜めた水をぶつけるようにして顔を洗い、前髪ごとタオルで拭った。

洗面所を出ると、テーブルには食べかけのトーストが載った皿が一枚置いてあるだけだった。

残ったトーストを口に入れ水で流し込んで皿を洗う。

自室に戻って着替えを済ませる。洗面所で化粧を直して軽いリュックサックを背負おうとした時、古い備え付けの電話が甲高い電子音を鳴らした。

祖母の友人か、もしくはエアコンの修理を頼んだ業者だろうか。何となくすぐに出ることができず、夕作は三コール目でようやく受話器を手に取った。

「はい、もしもし」

呼びかける。しかし数秒待っても返事がなく、時折プチプチと回線が荒れる音が聞こえるだけだ。

「もしもし？」

間違い電話、だろうか。首を傾げて、受話器を置こうとした瞬間、息遣いのようなものが聞こえた。

「……まこと？」

声を聞いた瞬間、俯き加減で、詫びるような視線で話すその姿が鮮明に浮かび上がる。

母親だった。

どうしたらいいのかわからず、体が固まった。反応しない夕作の間を読むように、向こうからの声も途絶える。

何か答えなくてはいけないのはわかっている。けれどどんな声を出せばいいのか、第一声に何を言えばいいのか、ひとつも思い浮かべられない。

「まこ――」

気づくと、夕作は受話器をゆっくりと耳から離し、押さえつけるようにおろしていた。

病院から連絡がいったのだろう。母親がここに、夕作に連絡してくるのも当然のことだ。

祖母とも、もう会話したのだろうか。どちらにしろいずれ夕作にも連絡がくるだろうとは思っていた。

この家に母から電話がきたのは初めてではない。こちらに越してきてから何度かかかってきて、祖母が出たいかと聞いてくれたが、一度も夕作が出たことはなかった。

声を聞いたのも一年半ぶりくらいだろうか。聴覚が記憶の引き出しを乱暴にこじ開けて、腋の下に嫌な汗をかく。

電話の前に立ったまましばらく動けず、気づくと居間の窓から差し込む光の形が変わっていた。

早く、祖母の見舞いに行こう。

ずり落ちていたリュックサックを肩に掛け直し、玄関で靴紐を結ぶ。立ち上がると、大きな姿見にこころなしか頬のこけた自分の姿が映った。

大きく息を吐いて、ドアノブに手をかける。いつもより重く感じる扉を押すと、薄暗い玄関に光と熱気が流れ込んだ。

通りに立って、夏の日差しに目を細める。体を外気に慣らすようにじっとしていると、左足に軽い何かが当たって撥ねるのを感じた。足元を見ると、小さなゴムボールが一つ転がっている。

「ああ、ごめんなさい」

ご購入作品名

■この本をどこでお知りになりましたか？

□書店（書店名　　　　　　　　　　　　　　　　　　　　　　　　　）

□新聞広告　　□ネット広告　　□その他（　　　　　　　　　　　　　）

■年齢　　　歳

■性別　　　男・女

■ご職業

□学生（大・高・中・小・その他）　□会社員　□公務員

□教員　□会社経営　□自営業　□主婦

□その他（　　　　　　　　　　　）

ご意見、ご感想などありましたらぜひお聞かせください。

ご感想を広告等、書籍のPRに使わせていただいてもよろしいですか？

□実名で可　□匿名で可　□不可

一般書共通

ご協力ありがとうございました。

郵便はがき

おそれいりますが
切手を
お貼りください

102-8519

東京都千代田区麹町4−2−6
株式会社ポプラ社
一般書事業局　行

お名前	フリガナ
ご住所	〒　　-
E-mail	@
電話番号	
ご記入日	西暦　　　年　　月　　日

上記の住所・メールアドレスにポプラ社からの案内の送付は必要ありません。□

※ご記入いただいた個人情報は、刊行物、イベントなどのご案内のほか、お客さまサービスの向上やマーケティングのために個人を特定しない統計情報の形で利用させていただきます。

※ポプラ社の個人情報の取扱いについては、ポプラ社ホームページ（www.poplar.co.jp）内プライバシーポリシーをご確認ください。

声のした方を向くと、幼稚園児くらいの男の子と若い母親が立っている。子供がよたよたと歩いてくるのでボールを拾って渡すと、あいがとう、とはにかんでボールを抱きしめた。ずくりと、胸のどこかがへこむような、嫌な感覚を覚える。

母親が頭を下げて、子供の手を引いて歩いていく。不意に強く脈打った心臓をなだめるように深く息を吐いた。

幼稚園の、年少の頃だったか。もしかしたらもっと前か、もっと後かもしれない。砂場で遊んでいた夕作の足元に、小さな青いゴムボールが当たった。とって、と幼い声で呼ばれ、拾い上げて、目の前に走ってきた男の子に手渡した。

その子は砂のついた小さな手のひらでぺたりと夕作の頬を触って、首を傾げた。

「これなあに?」

「これって?」

質問で返すと、「これ、これ」とぺちぺちと何度も頬と額を触れられる。

「ほっぺたと、おでこだよ」

「ちがう、この赤いの」

言われて、初めてそれが頬の痣のことを指しているのだとわかった。もっとも、当時の夕作はそれが「痣」なのか何なのかもよくわかっていなかった。

「わかんない、なんか、さいしょからある」

そう言うと、その子はふうん、と頷きながら何度も頬を触った後、

「へんなの」

そう言って、ボールを持って走り去っていった。

へんなの。夕作は自分の頬に手を当てて、無意識のうちにそう繰り返していた。

頬と額にあるこれは、「へんなの」なのだろうか。「へんなの」が、生まれつき体に、ついているのだろうか。

その言葉が、夕作を緩やかに「ふつう」から断絶していった。それまで何とも思っていなかった痣が妙に気になり、小さな違和感が喉に刺さった小骨のように取れなくなった。

母親に初めて、何で赤いのがあるの？　と尋ねた時、彼女は少し考えた後、

「他の子と、ちょっと違うだけだよ。何にも気にすることないよ」

そう言っていたと思う。「へんなの」は、やっぱり他の子供たちとは「違う」のだと認識した。どうして、自分だけ「違う」のか？

疑問と違和感は消えることなく、夕作の成長とともに大きくなっていった。そして、「どうして」から「怖い」に変わっていった。

違うのは、怖い。みんなと同じがいいのに。近くにいる子供たちが、「同じじゃないもの」を見る視線を向けてくることに、夕作は敏感になっていった。次第に、年の近い子供たち

はわかりやすく夕作を避けたり、面白がったりするようになった。

今思えば、自身の内向的な気質や生来の繊細さも、それを助長していたのだろう。けれど自分自身に対して覚える異物感のせいで気持ちを上向かせることができず、夕作は周囲の反応や対応をただ受け入れることしかできなかった。

それでも、学校には通った。家にも居場所がなかったからだ。どうしても学校に行きたくない日は、鞄に私服を詰めて家を出てから着替え、あてもなく真っ直ぐに道を歩き続けたりした。

父親は昔かたぎで、弱さや男らしからぬ行動を許さない人間だった。無論その姿勢は息子に対しても変わらず、堂々とできない夕作にいつも静かに腹を立てていた。反対に母親は優しく控えめな人だったが、同時に臆病で主体性のない人間だった。塞ぎ込む夕作とそれを認めない父の間で神経をすり減らして、やがて全てをやり過ごすようになった。

仕方がない。そう、仕方がないのだ。だって、「へんなの」だから。どうすることもできない。人と違うというのは、普通からはみ出ているというのは、そういうことだ。停滞する思考の中で自分にそう言い聞かせ、日々を耐えた。

中学校に上がる頃には、子供たちの腕力の成長に比例するように夕作の受ける迫害もより暴力的になっていった。

「もともと痣だらけの顔にいくら怪我が増えたって、誰も気にしない」

そう言って自分を玩具のように弄んだ彼らが、同級生なのか、先輩だったのか後輩だったのかさえ、考えることをやめていた夕作の記憶には残っていない。

その日は彼らの機嫌がいつもより悪かった。ひどく痛めつけられた後ビオトープの泥水に突き落とされ、汚れた制服を引きずって家に帰ると居間で新聞を読む父と目が合った。父はしばらく無言で夕作の姿を見つめると、「やられっぱなしか」と、平坦な口調で投げかけた。

夕作は何も返さなかった。何を答えたらいいのかわからなかった。抵抗する体力も憤慨する気力も残っていない当時の夕作には、あらゆる選択肢がなかった。

「恥ずかしいやつだ」

投げ捨てるように、もはや夕作に向けてすらいないように言い捨てると、父は紙面に視線を戻した。

次の日奥歯を二本折られて、夕作は学校に行くのをやめた。


祖母の入院は一週間と少しかかることが決まった。合併症として、急性の腎《じん》不《ふ》全《ぜん》を起こしてしまっていることがわかったのだ。けれど程度としては軽く、急性であれば腎不全は回復することも多いらしく、完全に安心はできないが深刻な状況ではなかった。祖母自身は元気だから何も問題ないと言うが、そうは言っても心配だった。

家のエアコンは、案の定故障して動かなくなっていた。業者が修理しに来てくれるまでは五日もかかる。蒸し風呂と化した木造二階建てに落ち着いていられるのは日が沈んでからだ。涼を求めつつ祖母の様子を見に毎日病院に来るようになると自然、槙野とは頻繁に顔を合わせるようになった。夜と違って、日中の病院は人が多く、活発な雰囲気すらある。祖母が寝ている間は待合室に置いてある本を読んだり、休憩スペースの椅子に腰掛けて、何も考えずに時間をやり過ごしたりした。対して、槙野はあまり日中「仲畑修介」さんの病室から出てこなかった。話し相手もいない、静かな病室に閉じこもっている。しかし見る限り、槙野は夕作より早く病院へ来て、夕作が帰ってからもずっと病室にいるようだった。泊まり込みなんじゃないかとすら思う。日に日に衰弱していくであろうその姿を、どんな気持ちで見ているのだろう。

夜になり、夕食の時間も終わり患者たちが就寝する頃になると、決まって槙野は夕作をタバコに付き合わせた。互いに何かから目をそらすように、病院のことや休み明けの修学旅行のこと、そういうなんでもない話をして過ごした。全然関係のないことを話している間でも、夕作はよく「仲畑修介」さんのことを想像した。あの男の人は、槙野にとって誰で、どんな時間を一緒に過ごしてきた人なのだろう。

槙野は、夕作にときどき小さな質問をしてくるようになった。

好きな食べ物のことや好きな季節のこと、今まであった楽しかったことや嬉しかったことを教えてほしいと言った。

祖母の作る肉じゃがが好きなこと。静かで、一年間使った空気を入れ替えるようなきりっとした冬の夜が好きなこと。バイクの免許を取れた時の話。槙野はそれを聞いて隣で微笑んでいた。

同じことを問い返すと、彼女も喜んで語った。

甘いものなら大概のものが好きなこと。綺麗なものと美味しいものがたくさんある秋が好きなこと。去年の誕生日、竹田と野中がクラスの女子たちも巻き込んだ大がかりなサプライズで祝ってくれたこと。

砂山に突き刺した細い枝を倒さないように、交互に外側を削っていくようなやりとりだった。

槙野と、何かを交換するように会話をしたことは、あまりなかった。槙野が面白おかしく話す世間話を、遠い世界の噂話のようにただ聞いていればよかったから。夕作にちょっとした自己開示をさせることで、槙野に踏み込んでしまったことへの負い目をなくしてくれようとしているのかもしれなかった。

そして病室に戻る時の槙野の目にはいつも、何か決意めいたものが宿っていた。

今日でもう四日目になるが、入院中の祖母は、よく眠った。普段あまり昼寝をする方ではなかったが、日中病室を訪れるとたいてい寝ていて、夕方まで起きないこともよくある。

病院という場所がそうさせるのか。あるいはやはり、熱中症で奪われた体力を体が取り戻そうとしているのだろうか。

　夜になりうとうとし始めた祖母に、小さな声で、もう眠い？　と聞くと枕の上でゆっくりと首を左右に振るが、振り子がだんだんと弱まるように体が静止して、気がつくと寝息を立てていた。

　母からの電話のことは言えなかった。きっと祖母も、母とは話しているはずだ。見舞いに来るのだろうか。もし会ったら、自分は母と何か言葉を交わすのだろうか。交わせるのだろうか。

　共同の病室はベッド一台ごとに大きなカーテンで区切られていて、耳をすますと、身じろぎする音や本のページをめくる音がひっそりと聞こえる。たった一枚の布を隔てて、こんなにも近くに何人もの人が身を寄せているというのに、誰も気疲れせず穏やかでいられるのはなぜなんだろうと、純粋に疑問に思う。

　不意に、背後でカーテンが控えめに揺れる音がした。立ち上がって静かに病室を出ると、槙野が壁に寄りかかって待っていた。

　槙野は夕作が祖母の病室にいる時、こうやって呼びかける。声を出して呼んだり、カーテンの内側に入ってきたりしたことはない。

　槙野が手でタバコを吸う仕草をするので、頷いて後に続いた。

非常口から外に出ると、コオロギの羽音が鳴っていた。

槙野のタバコに火がつくと、いつもの匂いが立ち込める。ここのところ、彼女からは常にタバコの匂いがした。それは、日に日に濃くなっているように感じる。夕作以外の知り合いに会わないから、気を使って消臭する必要もないのだろう。

オレンジ色の光に照らされた槙野の目元には、以前見たようなクマができていた。思わずそれを見てしまうが、急にこちらを向くので目をそらす。

「おばあちゃんの調子、どう？」

「大丈夫。よく食べるし、よく眠ってる」

「そか」

槙野はタバコを口から離して大きく伸びをする。

「また、寝不足？」

「え、ああ」

昨日の夜、ちょっと悪くて。言いながら、槙野は月を見た。

「大丈夫なの」

「うーん、どうだろうね。なるようにしかならないよ」

「そうじゃなくて、槙野が」

「私？」

なるようにしかならない、なんて達観したようなことを言うが、本当のところどうなのだろうか。大切な人が今にも死んでしまうかもしれない時の気持ちというものを、夕作は知らない。けれどいつもと変わらない槙野の振る舞いは、かえって何かを擦り減らしているようにも見える。

槙野は少し真剣に考えるように俯くと、真剣な顔のまま言った。

「強いていうなら、宿題が大丈夫じゃないかな」

「……そう」

夕作の気のない返事に槙野は笑った。わかりやすく誤魔化されている。けれどそうすることで、もう聞かないでと言われているような気がして、食い下がることはしなかった。

それからは、二人して黙ってコオロギの鳴き声を聞いた。

不意に、夕作のポケットでスマホが震えた。取り出した画面が眩しくて目を細める。

遠藤からメッセージが入っていた。

みぞおちの辺りに、冷たい何かが触れるような感覚に顔をしかめる。あの日から、夕作は遠藤たちと一度も連絡を取っていない。遠藤からは時々メッセージが来ていたが、怖くて一度も開けていなかった。

思い出すと罪悪感がじくじくと身を蝕む。

「どうかした？」

スマホから顔を上げると、問いかける槙野と目が合う。なんでもない、と言ってはぐらかしてしまいたいと思ったが、まっすぐな目が嘘をつかせてくれない。あるいは自分自身、やり場のない不安を吐き出す場所を求めていたのかもしれなかった。

話を切り出せずにぐずぐずする夕作を、槙野は黙ってじっと待っている。意を決してこわばった唇を開く。

「この前、遠藤にひどいことした」

「ひどいこと？」

ひどいこと、が指すのが何なのかを思い浮かべているのか、槙野の視線が空中に向けて弧を描く。

「遠藤と、宿題しようって、会って。竹田と、野中もいたんだけど……遠藤の、手が、俺の顔に、触れそうになって……その、これが、バレたらって思って、怖くて」

化粧、と口にするのが嫌で指示語で誤魔化してしまうが、槙野はわかっているようで、小さく頷きながら耳を傾けていた。

「俺無意識で、遠藤の手、ぶった……それで、怖くなって、走って逃げて……」

震えそうになる喉を叱咤して、無理やり声にした。ひどいやつだと言われてもおかしくないが、槙野は顔色一つ変えず話を聞いて、そっかあ、とひとこと言うだけだった。こんなことを急に言われても何も言えないだろう。

それから、また沈黙が流れた。呆れられたのかとビクビクしていると槙野が先に口を開いた。

「それで夕作は、どうしたいの？」

「え？」

「どうにかしたいから、私に話したんだよね」

「それは……」

もちろんどうにかしたいとは、思う。許してもらえなくてもいいから、遠藤に謝りたかった。けれどももしも突き放されてしまったら。そう考えると怖くて、体の芯がキンと冷たくなる。

「だって遠藤は、何も悪いことしてないのに、俺あんなこと……許してくれるはず、ない」

槙野はタバコを咥えたまま喉だけで笑った。何かおかしいだろうか。

槙野は咥えたタバコを離すと、よかった、と言った。

「何とかしたいと思ってるなら、きっと大丈夫だよ」

怖がって何もできないでいるのに、何を根拠に大丈夫だなんて思うのだろうか。

槙野は再びタバコを吸い込むと、上に向かって煙を吐き出した。

「夕作が本気で謝っても、遠藤は許してくれないと思う？」

「そんなの、わかんない」

「じゃあ、何もしない？」

「それは……」

許してもらえないかもしれないからって、謝らなくていいとは思えない。

少なくとも今の自分は、そう思う。

「謝り、たい……ちゃんと、ごめんって」

「じゃあ、そうしたらいい。きっと大丈夫だよ」

気楽な返事だ。本気でそう思っているのだろうか。槙野を見ると、睨まないでよ、と笑う。

「遠藤は多分、夕作が思ってるよりも繊細で、優しい人だよ」

そう言うと、槙野はタバコの火を消した。

その日は家に帰り布団に入っても、新聞を配っている間も、ずっと同じことを考えた。

遠藤に、どう謝ればいいのだろう。

謝らなければいけない。伝えなければ、凍えてしまいそうなこの寒さはずっと自分の身を蝕む。だからといって、直接電話をかけ直すような勇気が急に湧いてくるなんてことがあるはずもなく。

配達が終わると、居間のテーブルでコンビニのサンドイッチを食べた。祖母がいない間は料理をする気も起きず、だらしない食生活になっている。

せめてメッセージを見るだけでもしなければと思いスマホを手にとるが、そのまましばらく硬直してしまう。食べかけのサンドイッチの縁が硬くなり始めるころ、意を決して画面を表示させた。

送信元に遠藤弦、と書かれたメッセージは何通かたまっており、一番下の、一番古いものをゆっくりタップした。

「夕作ごめん。俺、何か夕作が嫌なことしちゃったんだよな」

いきなり、謝罪の言葉が目に飛び込んできた。

彼が謝る必要なんてない。悪いのは、自分なのに。

「帰りに事故にあったりとかしてないよな？」

「もし嫌じゃなかったら、返事くれると嬉しい」

どうして。

自分がじめじめと悩んで目をそらしている間に、謝るべき相手に先に謝られて、あまつさえ心配をかけてしまっている。情けないのと同時に、遠藤が怒っていない、心配してくれているということが嬉しい、と感じている卑しい自分が嫌になって、唇を歪める。

君は自分を心配してくれてる人のこと、ちゃんと考えたことはある？

夏休み前、野原に言われた言葉が体のどこかに刺さって抜けなかった。その存在を今、強く感じる。

遠藤に謝りたい。ごめんなさいと、ちゃんと伝えたい。それさえ自分のためなのかもしれないけれど、そうだとしても。

部屋着を脱いで着替えると、急いで玄関を開けて駆け出した。

頭上には、橙色が抜けたばかりのまどろんだ水色の空が広がる。時刻は朝の六時半。朝練があったとしてもまだ間に合うかもしれない。息を切らせて最寄りの駅に向かい、電車に飛び乗った。

遠藤の最寄りの駅は学校のある駅から二駅隣で、夕作の駅から数えたら五駅だ。大した距離ではない。けれど電車が進むスピードがやけに鈍臭く感じられて、もっと速く、とにかく速くと気持ちが急いた。

駅に着くと同時に飛び降りて、まずは人気の少ないホームを見渡した。ここにはいない。構内の案内板を見る。改札は一つだけだ。

間に合うだろうか。それとももう行ってしまったのか。そもそも、突然こんな時間に現れたら気持ち悪がられるだろうか。いや、そんなことはどうでもいいだろう。

階段を駆け下りて、四列しかない小さな改札を抜けてあたりを見回すと、知らない制服を着た高校生が歩いているのがちらほらと見受けられる。夏休み中に制服を着ているのだから、何かの部活をやっている学生だろう。

ふと、横を大柄な坊主頭が通った。振り返ると、焼けた肌に大きなエナメルバッグを担いでいる。

「遠藤っ」

大きな坊主頭が振り向くと、遠藤とは程遠いいかつい容貌の、知らない学校の男子が夕作を見て顔をしかめる。

「あ……ごめん、なさい」

いかつい男子は首を傾げると、すぐに改札に向かって歩き出した。朝はみんな急いでいる。当たり前だ。何も考えず飛び出してきたが、もし遠藤に会えたとしてもきっと迷惑だ。どこまでも考えの足りない自分に落胆して肩を落とす。

出直して、ちゃんと部活のない日に会ってもらうか、電話で話すしかないかもしれない。

「うわっ、夕作」

突然名前を呼ばれてびくりと体が跳ねる。振り返ると、大柄な体に坊主頭。学校の白い夏服に焼けた筋肉質な腕が映える。さっきのいかつい男子とは違う、驚いた顔の遠藤が立っていた。

「え、遠藤」

「びっくりした。なんでこんなとこに」

「あの、その、えっと、ごめん……」

「てか、よかった、あの後連絡取れないから、なんかあったのかと思った」

会えてよかった、と、申し訳ない、と、あれ、何を言いにきたんだっけ。それらが頭の中で瞬時に混ざり合って、うまく言葉が出てこない。

「あの、えっと……俺」

「夕作、この前ごめんな」

「えっ」

それは、自分が言わなければいけないことだ。遠藤は何も悪くない。なぜ、自分が謝られるのだろう。

「体のこととか、色々あるんだもんな。俺がしようとしたこと、何か怖かったんだろ？何も考えてなくて、ごめん」

「えっ、いや、ちがっ」

彼が罪悪感を抱いているのは、自分のついた嘘のせいだったのか。自分を守るためについた嘘で相手を傷つけていたなんて。

謝りたい。今すぐ。けれどうまく息ができなくて上手に喋れない。

「遠藤、違う、あの」

「おい、ちょっと落ち着け。そこ座ろう。な」

遠藤に促されて、駅前のベンチに座って深呼吸する。

あたふたと全く要領を得ない夕作を見かねたのか、遠藤はなだめるように背中をさすってきた。

「落ち着いたか？」

「ご、ごめ……遠藤、練習行かなきゃいけないんじゃ」

「いいよ、自主練しようとしただけだし。普段はこんな早くない。ほら、これ飲むか」

遠藤は鞄から大きな水筒を出すと、蓋に中身を注いで渡してくれた。たくさん走って、夕作は喉がカラカラだった。味の薄いスポーツドリンクが喉にしみる。

遠藤は夕作の勢いのいい飲み方を見て、ＣＭみたいだな、と笑った。

胸に手を当てて、ゆっくりと深呼吸をする。遠藤は何も言わず夕作が落ち着くのを待ってくれている。恐れを振り切り、遠藤に向き直った。

「……ごめんなさいっ」

「うわっ」

思い切り頭を下げると、夕作の勢いに驚いたのか、遠藤の声が頭上で響いた。

顔を上げると、急に頭を振ったせいか脳がぐわんと揺れて体が安定しない。後ろに倒れそうになり、遠藤に肩を掴まれる。

「おいおいおい、大丈夫かお前」

脳に酸素が足りないのか、視界の隅に細かい虫のようなものがチラチラと点滅した。

「ずっと、謝りたくて……」

「うん」

「俺あの時、昔人にされてすごく怖かったこと、思い出しちゃって、頭が、真っ白になって、それであんな風に……怖くて、許してもらえないかもって思って……ごめん」

「いいんだよ、そんなの。それよりお前、そんなフラフランなって、体大丈夫なのか」

「ち、違う」

さすがにそんな嘘、これ以上つき続けるわけにはいかない。罪悪感でどうにかなってしまう。

「違う、俺、遠藤に嘘ついてた……体弱いなんて、嘘で……それも、ごめん。本当にごめん」

遠藤の驚く顔を見て、余計に罪悪感が増した。ああ、自分は彼を騙していたんだ、という実感が体に染み渡る。その方が楽だとか、都合がいいだとか考えていた少し前までの自分を思い切り張り倒してやりたい気分だった。

「言いたくないことが、あって。遠藤が体弱いのかって聞いてきたとき、そういうことにすればいいのかって、とっさに嘘、ついて」

言いながら、どんどん声がしぼんでしまう。

怒っている、だろうか。恐る恐る遠藤の顔を見る。

なぜか遠藤は、安堵したような顔をしていた。

「遠藤？」

「いや、よかったあー、マジで」

「えっ」

遠藤は急に脱力したように、ベンチにぐったりと背中を預けた。

「よ、よかったって」

「お前が何かの病気とかじゃなかったのがだよ。安心したわ、まじで」

「怒んないの、その、嘘ついてたこと」

「言いたくないことあったんだろ？　そんなの俺、全然人のこと言えないからな……部活のやつらとかに、ギリギリ行けそうな大学探すとか言ってるし。てかお前、すごい変な顔してるぞ」

そういうと、遠藤はスマホのインカメラを夕作に向けて見せてきた。液晶には、泣きそうなのか驚いているのか安心しているのか、訳のわからない表情をした自分が映っている。

何この顔、と言うと、お前の顔だよ、と遠藤は笑った。

「まあでも、言ってくれてありがとな」

「ううん」

いまは彼の優しさへの安堵と感謝以外何も考えられなかった。

遠藤は腕をぐっと前に伸ばして、長く息を吐いた。

「なんか、人に何かを隠したり嘘ついたりするのって、自分を守るためにすることなのに、結局どこかで自分が傷つくよな」

そういう遠藤の口調は、夕作のことではなく、自分のことを話すそれだった。

よしっと大きく聞こえたかと思うと、遠藤はエナメルバッグを担いで　勢いよく立ち上がった。

「まあ、お互い頑張ろうや。そろそろ部活行くな」

「うん、あの、遠藤」

振り返った彼の目を、そらさずにまっすぐ見つめる。

「ありがとう」

遠藤は照れたように笑って、夕作の肩を拳で小突いた。

じゃあ、と言って改札に消えて行く遠藤の背中を見送ると、夕作は体から力が抜けてべンチに腰を落とした。

一息ついて見上げると、駅前に掲げられた大きな時計は八時半を回っている。

このままずっと謝れないで二学期を迎えていたらと思うと、考えただけでもぞっとする。

体の芯から、少しずつ冷えた感覚が抜けていくのを感じる。

一旦家に帰ってから、いつも通り病院へ行くことにした。

心なしか、昨日よりも体が軽い気がする。病院の正面玄関を抜けて建物の奥の階段を上る。祖母の病室へ向かおうと三階の角を曲がると、個室の前に槙野の背中が見えた。その槙野の前には、知らない女性が俯き加減で立っている。何を言っているのかは聞こえないが、楽しい話をしているようには見えない。理由はわからないが、槙野の背中がどこか怖い。

こちらに気づかれてはいけないような気がして、夕作は足音を殺して祖母の病室に入った。

祖母のベッドのカーテンは開いていた。医師が問診に来ているところのようだ。半身を起こした祖母が夕作に気づくと、医師もそれに気づいてこちらを振り向いた。祖母が搬送された日に対応してくれた医師だ。四十代くらいで、引き締まった体に白衣を羽織り、細い銀縁の眼鏡をかけている。ベテランといった風格だ。申し訳ないことに、初日は気が動転していたせいで名前を覚えていない。

「夕作君、こんにちは」

「こんにちは」

医師の脇を通って、ベッドサイドの椅子に腰掛ける。

「お見舞い来てあげて偉いね」

「いえ……」

医師が「柿本さんも嬉しいでしょう」と問いかけると、祖母は喉を鳴らして笑った。柿本は母の旧姓だ。

「おばあちゃん、体力もかなり回復してるよ。安心だね」

「ありがとうございます」

医師はカルテを書き込むと、それじゃあ、と言って席を立った。話し方や立ち振る舞いにどことなく見覚えがある気がするが、気のせいだろうか。前に会ったことなんてないはずなのだが。

立ち去る医師の背中を見ていると、祖母が夕作を見て微笑んでいるのに気がつく。

首を傾げると、祖母は笑ったまま体を横にした。

「元気だね」

「そ、そう？」

「安心だ」

何を見てそう思ったのか。元気かどうかは置いておくとして、祖母はほんとうに夕作の変化に目ざとい。驚異的だ。なぜか恥ずかしくなって外の風景を眺めていると、視線を感じてベッドを振り返る。祖母は寝たままで夕作を見つめていた。

「まこと」

「何？」

「美江から電話があったでしょう」

びくりと体が強張った。美江、母の名前だ。

「う、ん。昨日の、朝……」

「話したかい」

「話して、ない……です」

そうだろうと思った。祖母はそう言うかのように、笑ったのか、困ったのかわからない様子でふうっと息を吐いた。

「今は、来ないでいいと伝えておいたよ。心配されるほど、弱ったつもりはないからね。けどね、まこと」

「うん」

「逃げてもいい。でも、ちゃんと向き合わなきゃいけない時が来るよ。美江とも。父親とも。自分と、家族のためにね」

柔らかい声音で、けれど確かな意思を持った言葉が投げかけられる。

「はい……ごめん、なさい」

ズボンをぎゅっと掴んで、頭を下げる。祖母だって、自分の娘と孫が疎遠になっていくのは、辛いはずなのだ。それでも今は、夕作の意思を尊重してくれている。優しさに甘え切っているのはわかっている。けれどまだ、時間が必要だった。父と母に対する自分の感情の糸は、複雑に絡まって解き方がわからない。

頭を下げたままでいると、んっんっ、と喉を鳴らす笑い声が聞こえて、ゆっくりと顔を上げる。

祖母はサイドテーブルに置いていた老眼鏡をかけて、雑誌を読み始めた。

鼻からゆっくりと息を吐く。緊張が解けてトイレに行きたくなったが、今廊下に出たら槙野と知らない女性が話しているところに鉢合わせする。

さっきの女性は、誰だったのだろう。

母親、という雰囲気ではなかった。であれば親戚か何かだろうか。槙野と、あの病室で眠る男性の関係がわからないのだから、家族のことは何も見当がつかない。

家族。槙野の家族は、どんな人たちなのだろう。

朗らかで、掴み所のない彼女は一体どんな家庭で育ったのかと、ふと気になった。しかし想像しようにも、なぜか槙野が家族と生活している姿が全く想像できない。

思い返してみると、槙野から家族の話や思い出話の類を聞いたことは一度もない気がする。別に意識して話していないわけでもないだろう。ただ話題に出なかっただけということかもしれない。自分だって、家族の話をしたことはない。

窓の外に目をやると、雲はまばらに散っているが、気持ちのいい晴れ模様が広がっている。遠くに見えるなだらかな山並みを脱力してながめていると、段々と、意識が穏やかな陽気に飲み込まれていった。


ただいまの時間を持ちまして　診察券の受付を　終了致します

廊下の外から、反響する館内放送が聞こえる。重いまぶたを開けると、目の前に長い人影が伸びていた。驚いて目を見開くが、窓際の椅子に腰掛ける自分の影だ。室内は夕日の色に染まっていて、窓のフレームが構造的な影を落としている。

寝てしまっていたようだ。祖母の穏やかな寝息が聞こえる。見ると、雑誌をお腹に抱えてスヤスヤと眠っている。そういえば、と思い出したように尿意がせり上がってきて席を立った。

廊下は看護師が一人歩いている以外、人がいなかった。見舞客もだいたい帰る時間だ。

用をたすと、出した分ということなのか喉が渇いてきた。財布を取りに病室に戻ってから、休憩スペースに向かう。

静まりかえった空間に、自販機の低い駆動音だけがやけに大きく響いている。

窓際の丸テーブルに、誰かがうつ伏せて寝ている。

槙野だ。こんなところで寝ているなんて珍しい。あの女性はもう、帰ったのだろうか。槙野は薄手のTシャツにジーパンという姿で、規則的な寝息にうっすら背中が動いている。椅子の背もたれには彼女がいつも病院で着ている、タバコくさいグレーのパーカーが掛かっていた。暑かったのだろうか。けれど休憩スペースは冷房が効いていて肌寒いくらいだ。病院でこの温度設定はどうかと思う。

風邪を引いてはと思い、背もたれのパーカーを手に取った。

広げて、槙野の背中に掛けてやる。

パーカーをかける夕作の手が肩に触れた瞬間、弾かれるような勢いで槙野が起きあがった。

「わっ」

テーブルと椅子が立てた大きな音に、情けない声を上げてしまった。

槙野は体を起こして、椅子を引いて夕作を見た。動物的な速度感に呆気にとられる。

異様に素早い反応とは裏腹に、その顔はあまりにも無表情だった。けれど、瞳にはなんともいえない色が湛えられている。悲しんでいるのか、怒っているのか、怯えているのか、よく考えるとどれも当てはまらないような。

　しかしそれは一瞬のことで、すぐにいつもの槙野に戻る。

「ああ、夕作か。おはよう」

「夕方だけど」

「んん？　……ああ、寝ちゃってたね」

　槙野が大きく伸びをすると、肩からパーカーがしゅるりと落ちた。あれ、と言ってパーカーを拾い袖を通す。

「もしかして掛けてくれた？」

「うん」

「ありがとう」

「ううん……どうしたの？」

「何が？」

　槙野は不思議そうに目を大きくした。誤魔化している感じではない、本当によくわかっていないという顔に見える。無意識だったのだろうか。

「いや、なんでもない」

　自販機に向かい、財布から小銭を出してサイダーを買う。ボトルを取り出して振り返ると、槙野は外の景色を見ていた。なんとなく向かいに座って彼女を見る。あくびをしたのか、目元に小さな光が溜まっている。

子供のような表情だ。何かを見ているようで何も見ていない、景色を映すだけの鏡になった、あどけない子供のような顔。

「夏休み、もうすぐ終わるね」

「うん」

話しかけたわけではなく、ほとんど呟きだったのか。それからまた槙野は黙って外を見た。

「槙野」

呼びかけると、槙野は一拍置いてからこちらを向いた。

「何か、あった？」

なにかあった。槙野は空中に投げ出された夕作の声をなぞるように視線を泳がせてから、いつもの調子で笑った。

「なんか今日の夕作、心配性？」

「そういうんじゃ、ないけど」

本人はいたって普段通り、のつもりのようだ。

「喉渇いちゃった。それ、一口もらっていい？」

「え？　ああ、うん」

夕作はまだ飲んでいなかったサイダーのボトルを手渡した。受け取った槙野がカチカチと音を立ててキャップをひねると、自販機の中で落ちた衝撃がまだ残っていたのか、開け口から泡が噴き出した。

槙野は、あ、と短く声をあげたかと思うと、拭こうともせずボトルの縁を眺める。

「え、槙野、拭かなきゃ」

「え？　ああ。そうだね」

「ごめん俺、ティッシュとか持ってない」

「いいよ、ハンカチあるから」

槙野はジーパンのポケットから水色のハンカチを取り出して、手とボトルを拭った。濡れたハンカチをそのままポケットに戻して、ボトルに口をつけると細い喉が小さく動く。

やはり、どこか様子がおかしい。

「……今日、誰と話してたの？」

思い切って聞いてみる。槙野は少しだけ目を見開いたが、表情はほとんど変わらない。口からボトルを離すとテーブルに置き、パーカーの袖で口を拭う。

「今日来た時、たまたま見えて……ごめん、覗き見したわけじゃない。ただ、なんか槙野、いつもと違うように見えたから」

槙野は応答しない。ただ夕作の言葉に耳を傾けて、じっと目を見てくる。

「あの人と何か、あったの？」

「ううん、特になにも」

毛ほども気にしていないような、なんでもないような声。

「親戚……とか？」

槙野は首を傾けると、考えるように、思い出すように唸る。首を戻すと、変わらない表情で夕作を見る。

「わかんない」

わからない？

「わからないって……知らない人だった、ってこと？」

「ううん、知ってる人」

なおさら意味がわからない。しかし槙野の表情は嘘をついているそれには見えず、夕作は困惑してこれ以上何を聞けばいいのかわからなくなる。

お互いしばらく黙っていると、槙野が先に口を開いた。

「夕作の方こそ、何かあった？　ちょっとすっきりした感じするけど」

話の手綱を取られる。これ以上この話をするつもりはない、ということだろうか。

「良いこと、かも……遠藤に会えて、謝った」

「遠藤、許してくれた？」

「許すっていうか、そもそも怒ってなかったっていうか……」

「言ったでしょ」

槙野は得意げに笑った。

「夕作は考えすぎなんだよ」

それはどのことを指した言葉なのだろう。言って、槙野は席を立った。

「遅くまでいるなら、今日もタバコ付き合ってよ」

またねと軽く手を上げて病室へ続く廊下に消えていく。

足音がだんだんと小さくなる。

遠く、遠く。

ドアを引く音が聞こえ、足音が鳴り止んだ。


それから五日が経ち、祖母の退院日となった。

世話をしてくれた看護師たち一人一人に握手して感謝する祖母の後ろで所在無く立っていると、祖母を担当してくれていたあの医師がにこやかな表情でやってきた。簡単な手続きを済ませると、医師は病院の出口まで二人を見送ってくれた。

医師に礼を言い、病院を後にする。

熱中症患者の退院日として良いのか悪いのかわからないが今日は晴天で、タクシーで帰ったほうがいいんじゃないかと勧めたが祖母は動きたいと言って聞かない。仕方がなく近くのコンビニに寄って日傘を買い、駅までは歩くことにする。

突き抜けるような水色の夏空はいつの間にか終わっていて、青の色を一段深めた晩夏の空が広がっている。日差しはまだまだ強いが、時折感じる風は少しずつ涼しくなっていた。

秋がもうすぐそこまできている。

13

角の丸い車窓から遠くを眺めていると、新幹線の速度というのはそれほどのものではないのかもしれないと勘違いしそうになる。けれど等間隔に線路沿いに設置された何かの支柱が猛烈な勢いで近づいては過ぎ去っていくたび、今自分はものすごい速度で体を運ばれているのだと思い出す。

時間は平等に過ぎる。行くと決心したのは自分だ。けれど出発の日が近づけば近づくほど、舌の根元がずっと潤わない緊張にじわじわと神経がすり減った。配られた駅弁を前にしても全く食欲が湧かない。

ポケットの中で、コンパクトの蓋を何度も撫でる。

「夕作、食わねえの？」

「え、ううん、食べる……多分」

多分てなんだ、と笑いながら弁当を平らげる遠藤は、対照的に楽しそうだ。

異様に黄色い卵焼きに口をつけると、甘すぎてなにを食べているのかよくわからなかった。病院食に慣れてしまったのか、最近の祖母の味付けは今までよりも薄味になった。時々、薄味というものを通り越して素材のみの味と言っていいものもあったが、二週間も経てば夕作もその味に慣れてしまった。

いくつかの具材に口をつけて、どうにも食べきれる気がしないと半ば諦めの目で弁当を見つめていると、足りないから欲しいと言ってきた遠藤に甘えて残りを譲った。

車窓を流れる風景に時折、あれなんだろうな、と疑問を口にする遠藤と言葉を交わして、少しの間眠ると列車は京都駅へ滑り込んだ。

列車から降りると、隣の車両から楽しげに笑い声を響かせて槙野と竹田、野中が降りてきたのが見えた。

二学期が始まって最初の頃、槙野は竹田と野中に抱きつかれたり文句を言われたりして、めちゃくちゃにされていた。心配をかけたまま一ヶ月以上会っていなかったのだから当然だ。

夏休み、夕作と槙野が病院で会っていたことは、完全になかったことになっていた。教室で、夕作も心配かけてごめんね、などと言うのだ。記憶がなくなったかのような振る舞いに、一瞬おかしいのは自分の方なのではないかと錯覚するくらい槙野の演技は完璧で、少し怖かった。示し合わせたわけでもないのに、大変だったねと口にしてしまった。

大きく掲げられた「京都」の太い文字の前にクラスごとに集合して、バスに乗り初日の宿に向かう。駅の周りは都会的な大きな建物が多く建ち並び、東京と大差ないのではないかという風景だったが、宿に近づくにつれ街並みの表情はだんだんといわゆる京都のイメージに近づいていった。

鴨川沿いにあったその旅館は綺麗でもないが汚くはない、団体旅行でよく利用されているのだろうという雰囲気だ。四人一組の部屋は八畳ほどの畳部屋で、奥に椅子が二脚置かれた木の床のスペースがあり、その奥がベランダになっている。

部屋に着くなり騒ぎ出した葉山と豊岡を尻目に、夕作はまず個室の風呂を確認した。洗面台の横にバスタブがあり、防水カーテンがついている。シャンプーやボディーソープなど揃っているし、ドアには鍵もある。ひとまず安心した。

基本的には全員決まった時刻に大浴場で風呂を済ませなければいけないが、引率の教員たちには、夕作は盲腸の抜糸をしたばかりで共用の湯に浸かれない、という嘘を野原が通してくれた。

背中から遠藤に声をかけられ、荷物を置いて部屋を後にする。

身軽になって再びバスに乗り込み、旅のしおりを開く。修学旅行の模範解答をなぞるような、名所を回る行程だ。隣から遠藤が覗き込んできて、しおりを見せると退屈した顔をつくる。

「なんか行き先が全部渋いな。早く飯食いたい」

「俺もどうでもいいわ。早く宿で遊びてー」

後ろから突然葉山が乗り出してきて肩がびくりと震えた。振り返ると、夕作もだるいだろ？　と笑い声で言われ、ぎこちなく頷く。

初日は午前を移動に割いたこともあり、城や寺院を二ヶ所だけ回って宿に戻った。肝心の風呂の時間だが、盲腸の抜糸をしたばかりだ、と何度も家で練習したセリフを言うと、どこか腑に落ちない様子の葉山と豊岡を、何かに勘付いたような顔をした遠藤が押し切ってくれた。

今日初めて一人になって、大きく息を吐く。

これなら、なんとかなりそうだ。服を脱いでバスタブのカーテンを閉め、温かいシャワーを浴びると体と一緒にこわばった気持ちがほぐれていく。自分の体が安全地帯に入ると、周りのことを考える余裕が生まれる。

槙野は今、大丈夫だろうか。二学期に入って学校に戻ってきても、夜の公園に姿を見せることはなかった。きっと毎日病院にいたのだろう。この三日間病室に付き添えない間、不安はないのだろうか。

　病院にあの女性が現れた日、何かが綻《ほころ》んでいることは目に見えてわかった。その綻びが壊滅的なものに変わった時、彼女はどうなるのだろう。

　シャワーを終えて化粧をし直す。部屋着に着替えてベランダで涼んでいると、三人が帰ってきた。手を振ってくるので頷いて返す。

　耳をすますと、クラスの誰が可愛いとか、誰と誰が付き合っているとか、そういうすごく修学旅行の夜らしい会話が聞こえる。

　しばらくの間、漏れ聞こえてくる会話をラジオのように聴いてうつらうつらとしていると、後ろでカラカラと戸を引く音が聞こえて振り返る。うす、と短く挨拶して、遠藤は夕作の隣でベランダの手すりに背中を預けた。

「涼しいなあ。川近いからか」

「うん」

　二人して黙って夜風に当たる。空を見上げても、大して星は見えない。遠くから聞こえる車の往来と、静かに川が流れる音が心地いい。

「さっき、ありがとう」

「さっきって？」

「大浴場行けないこと、一緒に誤魔化してくれたから」

「夕作、全身にタトゥーが入ってて先生にばれるとまずいって言っといた」

「え」

真に受ける夕作をおかしがって、冗談だよ、と大声で笑う。

遠藤は振る舞いの一つ一つが、優しさに結びついている。自分が傷つけられた分だけ他人を傷つけまいと、大切にするように。きっと心がそういうつくりになっているのだ。自分は多分そういうつくりではない。

「遠藤」

名前を呼ぶと、遠藤は首だけでこちらを向く。

「どうしたら、遠藤みたいになれるの」

「……急に恥ずかしいこと言うな。旅行テンション？」

「ううん」

遠藤のように、優しい人に生まれていれば、きっと素直に生きられる。痣のありなしなどに囚われず前を向ける。

ここのところ、人から与えられてばかりだと思う。けれど、自ら人に与えられるものなんて、今の夕作は一つも持っていない。

「優しい人に生まれたかったなって、思っただけ」

納得したようなしていないような、曖昧な相槌が聞こえた。

夕作の背中を、温かくて大きな手のひらがゆっくりとさすった。ごつごつした手はこの前のように、怖くはなかった。

遠藤なら、化粧の下を見ても夕作を傷つけないでいてくれるかもしれない。きっと優しくしてくれる。いっそ見せてしまおうか。そうすれば楽になるのかもしれない。けれど想像して、臓物が震えた。

嘘をついて、暴力までふるって、受け入れてほしいだなんて傲慢だろうか。

何度もそうされるうちに、心地よくて、思わず目を伏せてしまう。

今はこの穏やかな時間が長く続いてほしいと思う。

「進路の話笑わないで聞いてくれたの、俺は嬉しかったけどな」


いつもなら布団に入ってすぐに眠れるのに、枕が違うからか、人が近くにいるからか、待てども眠気がやってこない。一階の自販機で飲み物を買おうかと悩んでいる途中、スマホが震えた。見ると槙野からメッセージが入っていた。

消灯の時間はとっくに過ぎている。何の用かとメッセージを開くと、裏手の川沿いで一服してる。暇だったら来てよと書かれており、その横にタバコの絵文字が入っている。

相変わらず、物怖じしない人だと思う。消灯後に外をうろつくだけでも怒られそうなものなのに。正面玄関は見つかってしまう気がする。気配を敏感に探りながら、裏の勝手口を目指した。教員に見つからないように足音を殺して宿を脱出するのは想像以上に肝が冷える。

川沿い、というざっくりとした書き方だったので、一旦川の近くまで出てみるしかない。うろ覚えの道は街灯も少なくて方向感覚がわからなくなる。土手に立つと穏やかな風が頬を撫でて心地よかった。目の前では黒くて大きな水の流れがたぷたぷと音を立てている。

ふと、遠くに揺れるオレンジが見えた。光に群がる虫のように光源へ向かう。膝を丸めて座る槙野はいつものグレーのパーカーではなく大きめのカーキ色をしたブルゾンを羽織っていて、夜の芝生に溶けて見えた。槙野はこちらの足音に気がついて振り向くと、煙を吐いてゆるりと笑った。

「ああ夕作。ほんとに来たんだ」

頷いて、隣に座る。芝生は少し湿っていてひんやりと冷たかった。

枕投げとかしなくていいの、と笑い混じりの声で聞いてくるので、すると思う？　と返してやる。

「修学旅行、楽しい？」

「思ってたよりは」

「よかった」

「何で槙野が、よかったなの」

「いいじゃん、別に」

槙野は時々こうして、他人の感情に喜ぶ。優しさなのか哀れみなのかよくわからない感情を向けてくるのだ。

「槙野、来られないかと思ってた」

「何で？」

「三日間、病院に行けなくなるから」

槙野の口から、笑いと一緒に煙が溢れる。

「修学旅行サボったら、悲しまれるからね。きっと」

槙野の口元でオレンジが明滅する。鼻の奥を燻《いぶ》す濃い香りを染み付けていくように、体中を煙で満たす。

「夜は、眠れてるの？」

「眠れるよ。最近、よく眠れる」

ううん、と唸り声をあげて体を伸ばすと、槙野は上体を芝生に投げ出した。

ここのところ、すごくいい夢が見られるんだ。そういう彼女の横顔は、とても穏やかで、柔らかい羽毛に包まれた赤ん坊のように目を伏せていた。

「どんな夢？」

「普通だよ。すごい普通」
お米の炊ける匂いで目が覚めるんだ。おはようって頭を撫でられて、漬物と味噌汁だけでご飯を食べる。食べ終わったら私がコーヒーを淹れる。タバコの匂いを嗅ぎながら一緒にコーヒーを飲んで、私は昨日あった楽しいことをたくさん話す。話してる間何も言わないで、この世の柔らかいものが全部詰まったみたいな目で見ていてくれる。全部話し終わると、いつの間にか夜になってて、気がついたら私は布団に入って、毛布の中で大事な卵みたいにあたためられてる。枕元の橙色の電気が消える瞬間まで、私は頭を撫でてもらう。ああよかった。今日もこんなにも満たされているんだって、安心で胸の中をいっぱいにして目を閉じる。

槙野の言葉で語られる夢の風景は、まるでフィルムが掠れたホームビデオでも見ているかのようだった。古びた幸せがまとわりついたそれは、夢というより思い出をなぞった映像のように感じる。なぜだか夕作の胸が軋んだ。

「なんで今こんな夢見るんだろうな」

槙野は短くなったタバコを携帯灰皿にしまった。仰向けになった体を起こすと、箱から新しい一本を取り出して火をつける。

「一本欲しい」

口をついて出てしまったその言葉に自分で驚く。何かに駆られるように口走ってしまった。それが今必要な行いだと、体に命じられているかのようだ。

槙野は意図を探るように夕作の目を覗き見てから、タバコとライターを渡してきた。口に咥え、槙野のまねをしてライターのホイールを親指でこすって炎をタバコの先端に近づけてみるが、焦げるばかりで火がつかない。何度も繰り返していると槙野が笑い始めた。

「吸いながらじゃないとつかないよ」

言われるがままに息を吸いながら試してみるがなかなか火がつかない。下手くそだなあと笑ってライターを取り上げると、槙野は夕作の咥えたタバコの先を手で風除けをした。

「つけてあげるから。息吸ってて」

シュッとライターが点火し息を吸い込むと、先端に光が灯った。口の中に感じたことのない痺れを覚えて、思わず唇から離す。

「夕作も不良の仲間入りだね」

恐る恐る吸って口を開くと、灰色の煙が薄く立ち上った。おいしいとかまずいとかそういうものは感じない。タバコの味ではなくて、口から煙が出ているという不思議をただ味わった。

「あったかいよね。タバコ。当たり前なんだけど」

槙野は左手に持ったタバコの周りの、空気のかたちを右手の指でなぞった。真似して先端に手をかざすと、凝縮された熱の周りにたゆたう生暖かい空気を感じる。これは槙野の声の温度だ、と思う。この温度と匂いが、槙野を守っている。夕作が化粧で自分を守っているように、彼女は彼女自身を守るためにこれを吸っている。

「夕作、なんか優しいね」

「え？」

ついさっき人に向けた言葉を自分に向けられて驚く。それは自分にないものだと思っていたのに。

「どうして」

槙野は煙を吹いて灰を携帯灰皿に落とした。

沈黙が続き、川をじっと見つめる。夜が降り積もった静かな流れは、空よりもずっと黒い。

「人って、優しい人がそばにいると、優しくなれるんだよ」

オレンジ色の光を、愛おしそうに見つめながら槙野は言った。

道徳の教科書に書いてありそうな綺麗事だ。けれどその穏やかな声音は、習った事ではなく彼女が生きてきた中で見つけた一つの確信なのだろうと感じさせた。

槙野の言葉が夕作の体の中をめぐる。優しい人がそばにいると、人は優しくなれる。本当にそうならいいのに。

細長く溜まった黒い灰が、夕作のタバコからこぼれ落ちた。

二人で宿に戻り、先生に見つからないように注意を払って歩いていると、階段の方からバタバタと足音が聞こえてきた。

「やばい、誰か来るね」

やり過ごせないかとあたりを見るが隠れられそうな場所はない。

女子部屋に行った男子が見つかって焦って走っているのかと思ったら、息を切らせて下りてきた山岸と目が合った。

怒られる。諦めて謝罪の言葉を考えるが、山岸は二人を見るなり険しい顔で駆け寄ってきた。しかしその目は槙野だけを見ている。

「ああ、いた。槙野」

「ごめんなさい、外で涼んでて」

「いい、いい。ちょっと来なさい。夕作、お前は早く部屋に戻れ」

背中を叩かれ、階段の方へと追いやられる。

なんだ？　なにか様子がおかしい。

非常灯の緑色の明かりだけが、あたりを薄ら寒く照らしている。

階段の途中で振り返ると、山岸が槙野に何かを伝えている。

槙野は唇を引き結んで、静かに頷いている。

最終日、自由行動の前に、槙野は単身新幹線で帰ることになった。

「祖母の容体が急変した」のだという。

昨晩山岸と話す槙野の表情から、予感はしていた。歳だしもうしょうがないよ、お呼ばれだねーとあっけらかんとした態度で心配する周りを和ませるが、夕作は真に受けることができなかった。祖母、のわけがない。［仲畑修介］さんにきっと何かあったのだ。

朝食会場を出てトイレに向かおうとした時、槙野がちょうど入り口で旅行鞄を引きずっていて思わず呼び止める。彼女はきょとんとした顔で振り向くと、夕作の顔を見て笑った。

「心配そうな顔しないで、最終日楽しんでよ」

あまりにもいつも通りな、平熱なその声に少しだけ寒気がした。揺らぎを見せないようにしているのか、本当にただ心が凪いでいるだけなのかすらわからない。

「あ、私お土産とか買う時間ないから、なんか買っといてよ。帰ってきたらお金返すから」

笑って、槙野は再び歩き出した。

足取り軽く進んでいく彼女の背中は、不安なんて微塵も感じられないくらいピンと伸びていた。

14

配達を終え、いつもの公園の前でバイクを止める。

夕作は自販機でココアを買い、ベンチに腰を下ろした。カシュッと音を立ててプルタブを起こすと、甘い湯気が立ち上る。

毎日配達が終わった後、誰もいない公園で槙野を待った。待てども、現れる気配はないし、実際来ないだろうとも思っていた。けれどどうしても、タバコの火を愛おしそうに見つめるその横顔が、頭から離れなかった。

仮に槙野が来たとして、自分はどうするつもりなのか。どうしたいのだろうか。待ちながら、ずっとそんなことを考えたが、結局わからずじまいだった。京都の河原でタバコをもらったときと同じだ。なぜだか、どうしてもそうしなければいけないような気がして、そうしている。

空気のこもった販売所に戻り、ヘルメットをロッカーに戻す。視線を感じて振り向くと、所長と目が合う。

「夕作君、なんだか最近配達速くなったね」

「そうですか」

「まあ、新しい区画の土地勘がつかめてきたのかな。その調子でよろしく」

はあ、と気の抜けた相槌を打つと、所長は夕作に興味を失ったようで、すぐに朝刊に目を戻した。


「マッキー、長いな。まだこっち、戻ってこられないのか」

遠藤はスマホのカレンダーを見つめて、顔をしかめた。

修学旅行が終わって二週間が経った。

槙野は、まだ学校に戻ってきていない。竹田が送るメールには、もうしばらくかかる、心配かけてごめんね、と返信があったという。

遠藤も、竹田も野中もまだ、槙野が九州の母親の実家にいると思っている。本当のことを知っているのに言えないことが、夕作の気持ちに後ろ暗い影を落としていた。

「そう、だね」

「志帆ちゃんっ」

野中の珍しい大きな声に、驚いて振り返る。

槙野だ。

教室の入り口に、槙野の姿があった。駆け寄る竹田と野中に、変わらない笑顔で応える。

遅れて、夕作と遠藤も二人に続いた。一気に人に囲まれた槙野は、荷物置きたいなあと苦笑いする。

「ご、ごめんごめん。心配かけたよね」

申し訳なさそうな笑顔を作る槙野に、そんなこといいよ、と野中が笑った。

「バタバタしてたから、九州のお土産とか買えなかった。ごめんね、明太子のせんべいとか、みんなにあげたかったんだけど」

まるで旅行にでも行ってきたかのような落ち着いた口ぶりに、一瞬空気が和らぐ。

志帆、と竹田が恐る恐るといった風に、口を開いた。

「おばあちゃん、大丈夫だった?」

一拍おいて、槙野は、ゆっくりと首を振った。

「だめだった。でも、仕方ないよ。こういうのって順番だから」

槙野は練習してきたんじゃないかと思うくらい滑らかに、そう言った。

和らぎかけた空気がさっと冷たくなる。一向に戻ってこない槙野を思って皆、そうなんじゃないかと不安がっていた。祖母が亡くなってしまい、塞ぎ込んでいるんじゃないかと。

「大変だったね」

野中が、小さい体で槙野をぎゅっと抱きしめた。背の高い槙野のお腹に巻き付くようにする姿は、抱きしめるというより抱きつくと言ったほうが正解かもしれない。現に、槙野は姉のように野中の頭を撫でている。

「ありがと、ゆっこ。でも大丈夫だよ。おばあちゃん、九十五歳だったんだよ？　大往生だって、親戚みんな泣き笑い、って感じだったもん」

そう言って照れたようにはにかむ槙野に、緊張した空気がまた少し、和らいだ。

けれど夕作だけは、槙野が話す全てが、作り話だとわかってしまう。彼女があまりにもいつも通りに振る舞うせいで勘違いしそうになって、それにまたゾッとする。

どうして、そんな風に自然に、ありもしないことを口にできるのか。「祖母が亡くなった」。それはつまり、「仲畑修介」さんが亡くなったということではないのか。じっと見つめていると一瞬槙野がこちらを見たが、彼女はすぐに目をそらした。元気だせ、と背中を叩く遠藤に、力強すぎ、と笑って返す声が、わずかに低く聞こえた。

祖母が亡くなるというのは、常識的には「仕方がないこと」の範囲内に入るだろう。両親が亡くなった、というわけではない。クラスメイトたちもみんな心配していたが、いつも通りの槙野の笑顔を見て、一声かけるとすぐに各々の日常に戻っていった。

夕作はまだ、物心ついてから身近な人を失ったことがない。昔父方の祖母と母方の祖父の葬式に行ったことがあるらしいが、どちらも小さ過ぎて全く記憶に残っていない。

けれど夏休みに祖母が倒れた時に感じた不安は、たとえようがないくらいに大きかった。「仲畑修介」さんと槙野の関係は未だにわからない。その喪失が何を意味するのかも。想像できないことが、夕作の胸を騒がせる。

放課後、校舎の一階、体育館へと続く渡り廊下の途中にある自販機に向かうと、煌々と光るパッケージの列の前に、静かに立つ背中を見つける。槙野だった。

なんとなく近づけなくて、離れた場所で立ち止まってしまった。何を買おうか悩んでいる、という風には見えない。じっと、自販機の白い光をただ浴びるようにして立っている。しばらくして、槙野は思い出したようにポケットから小銭を取り出すとジュースを買ってその場を後にした。

姿が見えなくなってから自販機に向かう。緑茶を買ってお釣りを取ろうとすると、彼女が忘れていったらしきお釣りが何枚も残っていた。

まだ、近くにいるだろうか。

釣銭をポケットに入れて早足で教室へ向かう。渡り廊下から本校舎に戻り、階段を上ると二年生の教室が並ぶ廊下を槙野が歩いていた。

「槙野」

駆け寄って名前を呼ぶと、ジュースのストローを咥えた彼女が振り向く。

「これ、槙野のだと思う」

ジャラジャラと音を立ててポケットから小銭を出す。槙野は夕作の手のひらを見て、一瞬無表情で首を傾げたあと、ああ、と気がついてそれを受け取った。

「うん、そうかも」

槙野は自分のポケットから黒い革の小銭入れを取り出して、それにお金を戻した。

少し、痩せたように見える。女子にしては高い、百六十五センチは超えているであろう長身のせいか余計に細く見える。

槙野は小銭入れをポケットに戻すと、ありがとう、と笑った。

仕草や言葉の一つ一つに小骨を飲み込んだような違和感を感じてしまう。今まで見てきた槙野とは何かが決定的にずれている。いや、何かが抜け落ちていると言ったほうが、正しいのかもしれない。

「槙野。大丈夫、なの」

「この通りだよ」

両手をプラプラと振っておどけて見せているが、本心がわからなかった。

なんて言っていいのか全く思い描けずに黙ったままでいると、槙野は、急に黙んないでよ、と笑いながら夕作を小突いた。

そのまま立ち去ってしまおうとする彼女を、思わず呼び止める。

「待って」

ずず、とジュースを吸う音とともに、槙野が振り返る。

「何?」

近くで見つめてくる瞳に、また何も言えなくなる。

その声音に、誤った鍵盤を押したような「鬱陶《うっとう》しい」という感情が、混ざっているような気がした。ほんの少しの雑音なのに、知らない人の声のように思えて怯《ひる》んでしまう。槙野から尖った感情を向けられるなんてことが今までなくて、胃の表面がキュッと音を立てて硬くなる。

「なんでも、ない……」

少しだけ見つめ合うと、槙野は口元を緩めて頷き、教室の方に去っていってしまった。

逃げ込むように男子トイレに入る。清掃が終わったばかりなのか、青白いタイルが一枚一枚、つやつやと光を反射する。たくさんの瞳に見つめられているかのような寒気を感じて、個室に逃げ込み鍵を閉めた。

槙野が一瞬向けてきた感情が痛くて、悲しかった。同時に、「怖い」とか「嫌われたくない」とか、利己的な感情ばかりが浮かんでくる自分が恥ずかしくて、耳が熱くなった。

事情を、無遠慮にほじくり返そうとしてしまった。本当のことを聞いて、聞いたところで、自分に何ができると思ったのだろうか。

ポケットからコンパクトを取り出して開くと、青白くて情けない、どうしようもない自分が映った。

晴れない感情を腹の底に溜め込んだまま、ただ時間だけが過ぎていく。

十月に入り、季節は秋から冬に移り始めていた。

槙野が夜の公園に姿を見せることはなくなった。

夜風が冷たくなり始めて、退院して以来薄味だった祖母の料理も、段々と塩味を取り戻してきた。

学校は制服の移行期間に入り、教室には夏服と冬服がポツポツと入り交じるようになる。進路の相談も始まり、生徒たちは本格的に受験を意識し始める。勉強に専念するために、夏の大会が終わった段階で部活を辞める者もいるほどだ。

帰りのホームルームの後、荷物を鞄に詰め込んでいると遠藤に肩を叩かれる。

「進路調査票、書いた？」

「行きたいとことか、特にないから。とりあえず行けそうな学校何個か……遠藤こそ、なんて書いたの」

尋ね返すと、遠藤は一瞬黙った後、眉間に皺を寄せて困ったように笑った。

「俺は、あー……また、適当なこと書いちまった。よくないよなあ、誤魔化す癖」

「うん。しょうがないよ」

「三者面談もあるからなあ。母親は知ってるから、正直誤魔化しようがないんだよな。何やってんだか」

聞きながら、少しほっとしている自分がいる。遠藤が本当のことを言えないでいるとき、同族意識のような安心感と、自分だけがそれを知っているという歪んだ優越感のようなものを覚えてしまう。どこかで、そのままでいてほしい、と思ってしまうぬかるんだ泥のような自分が汚く思えて、無意識に遠藤から目をそらした。

なんとなく別の話題も切り出せず黙ったままでいると、通りかかった野中が、夕作たちを見て立ち止まった。後ろから続いてくる竹田と槙野もそれに倣う。

「なんか、二人して浮かない顔してるね」

野中は不思議そうに、二人の顔を交互に覗き見る。

「ああいや、別に。お前ら書いた？」

は？　と、遠藤の目的語のない質問に竹田が顔をしかめた。

「なに急に。書いたって何を？」

「あれだよ。進路調査票」

「ああ。美容学校」

「えっ」

驚いた顔をする遠藤に、竹田はあれ、とキョトンとする。

「言ってなかったっけ？」

「いや、言ってねえよ。全然知らなかった」

「まあ、前から興味あったからっていうのと、勉強向いてないし。手に職付けられる仕事したいなって。ゆっこは文学部だよね？」

「うん、すごいなんとなくだけどね。本の仕事とか、興味あるから。志帆ちゃんは……志帆ちゃん？」

話す野中と竹田の後ろで、槙野はスマホを見て黙っていた。こちらの話はあまり耳に入っていないようで、親指がゆっくりと画面をスクロールしている。

「志帆？」

「……うん、あれ？　ごめん、なんだっけ」

リズムのずれた素っ頓狂な返事に、竹田が不思議そうに槙野のスマホを覗き込もうとする。

「何見てんの？」

「あ、ううん、ごめん、なんか近くに美味しそうなカフェできたって記事見てて。ほら。かわいいよ」

槙野はさっと竹田から画面を背けてから、こちらに向け直した。へー、近所だ、と竹田が画面をなぞる。槙野は今度一緒に行こう、と微笑んでスマホをしまった。

あ、と突然野中が何かを思いついたように目を見開いて、竹田と槙野に向き直る。

「そうだ。三者面談の日の希望合わせて、帰り三人でそこ行こうよ」

「あ、いいじゃん。志帆もいいよね？」

「ああ、ええと……ごめん、私、三者面談しないんだよね」

槙野は気まずそうに俯いて両手を合わせた。

「えっ、しないとかある？」

「お母さんが、今すごい仕事忙しくて。山岸先生に話したら、仕方ないから二者面談にしようって」

そう言われて、竹田はあれ？　と首を傾げた。

「お母さん、仕事始めたんだ。だから最近お弁当じゃなかったんだ？」

「え？」

ハッとしたような顔で、槙野が竹田の目を見る。それに驚いたのか、竹田も焦ったように首を振った。

「あれ、ごめん、あたしの勘違いかも。なんか前、専業主婦でいつも家にいるって言ってた気がしたから」

「あ、ううん、そう。最近ね。パート、始めたみたいで……あ、ごめん私、職員室に用事あるんだった。先帰ってて」

話を畳むようにそう言って、槙野は教室を出ていった。唐突に話題に区切りができて、残された四人でしばし沈黙してしまう。

「マッキー、なんか変、だったな」

遠藤が教室の隅を見ながら、確認するようにポツリと呟いた。

「やっぱりまだ、おばあちゃんのこと、堪えてんのかな」

「……わかんない」

竹田がスカートのポケットに手を入れて、小さな声で答えた。

「時々、ぼーっとしてること増えたけど……前からたまに、そういうことあったし。大丈夫って思いたい、けど」

槙野が誤魔化しきれなかった何かが空気中に滞留しているようで、なんだか落ち着かない気持ちにさせられる。机から顔を上げると不意に野中と目が合って、そらしてしまう。

「夕作、何も知らない？」

竹田の問いに、強引に視線を戻される。まっすぐな瞳で見つめられて、緊張で舌の根が喉に張り付く。

「俺は、何も……」

「ほんとに？」

竹田の語気が、鋭くて尖った色を帯びる。見上げると、不安そうな、少し怒っているような目が、自分を見つめている。

「志帆最近、夕作と話すの避けてる気がする」

「え？」

槙野が？

「別に、あの子が何か言ってたとかじゃないけど。前より話してるとこ、見なくなったし……夕作、本当に何も知らないの？」

確かに、以前よりも槙野から話しかけられることは減った。それはきっと、夕作が槙野の嘘を知っているからだ。けれどここで、そんなことを言うことはできない。

何も答えないままでいる夕作に、竹田が詰め寄る。

「ねえ答えて」

竹田の声が強くなる。右手が勝手に、ポケットの中でコンパクトをぎゅっと握る。

「志帆に何かしたなら」

「おい！」

竹田の言葉を遮って、遠藤が声を張った。

「夕作に当たってんじゃねえよ。何考えてんだ」

遠藤の声に反射的に野中と竹田の肩がびくりと震えて、遠藤はそれに申し訳なさそうに俯く。

「おっきな声出して、悪い……」

「……ごめん、帰る」

竹田は床に下ろしていた鞄を肩にかけて、踵を返した。気まずそうに遠藤と夕作を交互に見て、野中も竹田に続く。

「待って」

夕作は机に手をついて、勢いよく席を立った。その先の行動を何も考えていなくて、振り返った竹田と野中と見つめ合う。

「……ごめん」

夕作の小さな声に、竹田はううん、と首を振って教室を出ていった。

「……悪気はないんだよ。あいつも」

遠藤は疲れた顔で笑って、そう言った。

「俺、あいつと中学も同じでさ。今はギャルって感じだけど、昔はもっとはっきり不良だったんだよ。地元の族みたいなのとつるんでて、それこそ男子も怖がるくらい」

今でさえ怖いのに。そうなんだ、と返事をしながら背筋が寒くなった。

「親が離婚してて、親父さんしかいないらしくて。結構苦労したんだと思う。学校でめちゃくちゃ突っぱってて誰も近寄らなかったから、同い年の友達なんてほとんどいなかったんじゃねえかな……だから多分、マッキーのあの分け隔てない感じに、あいつも相当救われてるんだよ」

槙野が初対面の尖った竹田に話しかけている姿は、想像に難くなかった。

「だから竹田のこと、許してやってほしい」

「わかってる。竹田は、悪くなんかない」

悪いのは全部、俺だよ。夕作は俯いて、そう呟いた。


竹田とは、それからまともに話せていない。

挨拶はしても、竹田は気まずそうに目をそらし、夕作も目を合わせられない。

槙野はまた、「一見いつも通り」の彼女に戻った。ある種それはあまりにも隙がなく完璧で、彼女に対して何かを案じたり話を聞こうとしたりする行為の一切を拒んでいるように見えた。事実、いつも通り「に見える」振る舞いではなく、本当にもう何もないのではないかと思わせられるくらい、自然に見えるときもある。何も知れないまま、わからないまま、それでも何ができるわけでもなく日々が過ぎていった。

自分にはきっと何もできないし、槙野には何も必要ないのかもしれない。衝突することに、心配することに疲れて、夕作の心はすり減っていた。

もう、いい。

自分は何も見なかったし、知らなかった。槙野が望むのなら、きっとそうするしかない。ずっと鼻について離れなかった、槙野にもらったタバコの匂いも、だんだん思い出せなくなってきた。唇の先をぼんやりと照らした、彼女のともし火。あの緩い暖かさは、どこかに消えてしまった。

雨で決壊する寸前のような分厚い雲が、町を灰色で覆っている。

校門で遠藤と会い、並んで校舎に向かう。下駄箱で上履きに履き替えて振り返ると、遠藤は後ろを見てじっとしていた。

「どうかした？」

「いや、あれ」

遠藤があごをしゃくって指した方向に目を向けると、一階の廊下の保健室の前で、野原と槙野が話をしている。するとすぐに、野原が槙野の肩を抱いて、保健室に入っていった。

何か、様子がおかしかった。教室に向かい、席に着くとすぐにホームルームが始まったが、槙野は姿を現さず、一時間目の授業が終わってからようやく、教室に来た。何人かの友達と笑顔で挨拶を交わし、心配する声をかけられているのか、笑ってそれらをやり過ごしていた。特別、普段と何か違うということでもない。けれどどこか違和感を覚えさせる、何かがずれた雰囲気を纏っている。竹田と野中が槙野の席に集まるのを見て、夕作は目をそらした。

その日の五、六時間目は体育だった。空は時間をかけて絵の具を厚塗りしていくかのように、煤けた灰色の深みを増して、時折遠くからゴロゴロと雷の音が聞こえる。体育館から帰ってきて教室で着替えていると、夕作は自分のタオルがないことに気がついた。忘れてきてしまったのだろうか。

制服に着替え終えて、教室を出た。更衣室から教室へ向かうクラスの女子たちの流れに逆らって階段を下りる。渡り廊下を抜けて体育館に入ると、隅のほうに白いタオルが投げ出されているのが見えた。少し湿ったそれを拾い上げて、教室へ引き返そうと入り口の方へ体を向けると、体育館の入り口に人影が立っていた。逆光気味でよく見えない。

人影が体育館に入ってくる。竹田だった。

「夕作、いま、ちょっといい？」

歩み寄ってくる彼女に、頷いて返す。体が固まる。竹田は夕作の目の前まで歩み寄ると、少し俯いた。

「着替えて体育館戻ってくから、どうしたのかなって、思って」

体育館の照明は落ちていて、窓から射す曇った光だけが薄暗く館内を照らしている。遠くで雷が鳴った。

「その、夕作。この前」

「ううん、ごめん」

竹田が顔を上げて、夕作の目を見る。

「違う、私も……ごめん」

「竹田は、何も悪くない」

竹田は首を振って、また視線を外す。

床にはぼんやりと、輪郭の曖昧な二人の影が落ちている。

「なんか、悔しかったんだよね」

「悔しい？」

「夕作、本当は志帆のこと、何か知ってるんだよね？」

この前のような、詰問する口調ではない。穏やかにそう言われて、夕作は返事に困った。

「いいよ、言わなくてもわかるもん。二人、何か隠してるなあっていうのは、感じてたから。なんか、志帆を取られたみたいに、思っちゃったんだよね」

竹田は恥ずかしそうに、人差し指で頬をかきながら小さくはにかんだ。

「ねえ、疲れた。ちょっとそこ座ろう？」

促されて、体育館の舞台前、ひな壇のように横に長く続く階段に二人で腰掛けた。

「なんか、遠藤があたしのことベラベラ喋ったでしょ？」

「う、うん……勝手に聞いて、ごめん」

「いいよ別に。てか勝手に喋ったの、遠藤のほうだし。なんか昨日、急に謝られたんだよね」

実直に謝って竹田に怒られる遠藤が目に浮かぶ。本当に、嘘や誤魔化しのできない人だ。

ため息をついて、竹田が伸びをする。

「キモいよね。友達少ないからって、志帆にこんな、執着するみたいに」

「そんなこと」

「いいんだよ。実際そうだし」

少しいじけたような口調で言って、竹田は膝を抱えた。

「あたし、志帆とゆっこが、ほんとに大事なんだ。こんななりで言うの変かもしれないけど、二人が一緒にいてくれないと、寂しくて死にそうなんだよ」

言って、竹田は自嘲するように笑った。

「志帆は、誰にでも人あたりいいし、別にあたしといなくたって、きっと楽しくやれるけど……あたしは、あの子がいないとダメなんだ。だから、あの子の力になりたいし、あの子が悲しいと、あたしも悲しい……」

だんだん、竹田の声が小さくなって、聞いたことのないような、湿った色を帯びていた。

隣を見ると、彼女の目元が潤んでいる。

「志帆が何考えてるのか、全然、わかんないんだもん……辛そうにしてても、何にも、言ってくれないし……あ、あたしは、志帆が、志帆のこと、こんなに好きなのに……なんで、あたしじゃダメなの……？」

竹田の目から、ほろほろと涙がこぼれ落ちて制服を濡らした。自分が、ただの偶然で槙野の近くにいるせいで、竹田を傷つけている。

「俺は」

潰れそうになる肺になんとか空気を吸い込んで、口を開いた。竹田がこちらに耳を傾けるのを感じる。

「槙野のこと、ちゃんと知ってるわけじゃない。槙野も、俺のこと全部知ってるわけじゃない。全部、偶然だったから」

槙野がコンパクトを拾ってくれた日のことを思い出す。今まで生きていてあんなにも緊張したことはなかった。

「けど、槙野は俺の隠し事を、何も聞かないで守ってくれたから……だから俺も、槙野の隠してることは、守らないとって思った。だから……竹田に嫌な思いさせて、ごめん」

竹田は、制服の袖でゴシゴシと涙を拭いながら首を振った。

「夕作は……」


何してるっ！

大きな怒鳴り声が響いて、二人してびくりと肩を震わせた。視線を体育館の入り口に向けるが、そこには誰もいなかった。今の声は、体育の森平の声だ。

けれどあたりを見ても、体育館の中には自分たちしかいない。

「な、なに？　今の声、森平？」

「うん、外……？」

舐めた真似するのも大概にしろ！

怒鳴り声は止まない。声は、校舎側から見て体育館の裏手に当たる場所の、窓の隙間から響いているようだ。その声のあまりの剣幕に、良くないとは思いつつも吸い寄せられるように窓に向かう。

その態度はなんだ！

今すぐその目つきをやめろ！

怒号が一声一声、音量を増していく。しかし響きわたるのは森平の声だけで、怒られているであろう人物の声は全く聞こえてこない。声が漏れる窓に恐る恐る近づき、その隙間から外を覗き見る。

まず目に入ったのは、血走った目の森平の横顔。こめかみの辺りに血管が一筋、漫画のように浮き出している。そして森平の前に、ほの暗い目つきをした女子生徒が一人。右手には、火のついたタバコが一本。

槙野だった。


「え、志帆っ……！」

「あっ」

後ろで、竹田が出口に向かって駆け出していた。慌てて夕作も後を追う。

おい！　誰かいるのか！　と、森平の怒声がこちらに向けられた。

スカートをはためかせる背中を追って、体育館の裏に回る。建物の角に沿って二回曲がったところで、竹田は足を止めた。

息を切らせて立ち尽くす竹田に追いつき、その視線の先に目を向ける。

なんで、と思わず疑問が口を突いて出た。こんな不用心なこと、今までなかったのに。いや、自分が知らなかっただけで、もしかしたら今までも日中に校舎内の人目につきにくい場所で吸うようなことがあったのだろうか。

振り返った槙野はどこか傷ついたような、薄い表情でこちらを見ていた。今日初めてちゃんと見た彼女の顔は、ひどく疲れているように見える。顔色も、あまり良くない。

「志帆っ！」

「理央」

槙野は竹田の名前を呼んでから、少しだけ夕作を見た。森平が槙野の肩を掴む。

「職員室についてこい。後ろの二人、早く教室に帰れ」

そう言うと森平は強引に槙野を振り向かせて去っていった。槙野は一瞬こちらを振り向いてから、森平についていった。

「志帆、待ってよ！」

槙野は、振り返らない。どこか不確かな足取りで、頼りなく歩いていく。槙野が角を曲がって見えなくなるまで、竹田はその背中を見ていた。

「……戻って、教室で待とう」

呼びかけるが、竹田は槙野が消えていった方を見たまま動かない。

「竹田」

「あっ……うん……」

混乱する自分をなだめるように、竹田はシャツの胸元をぎゅっと握って歩き出した。静かに、二人して黙って渡り廊下を歩く。本校舎の入り口まで来たところで、竹田が胸元を握ったまま振り返った。何か言いたげに口を開くが、そのまま俯いてしまう。

冷たい風が吹く。辺りがだんだんと暗くなり始めていた。

「志帆の……知ってたの？」

静かに、不安の色を混ぜた声音で、竹田はそう尋ねた。

答えに躊躇《ちゅうちょ》する。けれどこれは、隠し通せるような、隠していい状況ではない気がして、無言で頷いた。

「何でか、知ってる？」

「少し、だけ。けど、学校で吸ってるところなんて、見たことなかった」

竹田は考え込むように眉間に皺を寄せた。

「……気づいてたんだ、時々、タバコくさい日があるのは。聞いてみたこともあるけど、適当に誤魔化されて、何も教えてくれなかった」

「うん……」

そこからは、また黙って歩き続けた。二階に上がると、もうホームルームが終わってしまったのか教室からパラパラと鞄を持った生徒たちが出てきている。自分たちのクラスに戻ると、気がついた遠藤が声をかけてきた。野中もやってきて心配そうな顔を作る。

「二人とも、ホームルームいないからどうしたのかと思った……何か、あった？」

二人は夕作たちの空気を感じ取ったのか、何かを警戒するような表情になる。竹田が夕作を見て、話してもいい？　と目で訴えてくるので、頷いて返す。

竹田が今あったことを小さな声でそのまま伝えると、遠藤は驚き、野中は複雑そうに眉根を寄せた。竹田と同様、もともと感付いてはいたのだろう。

「なんで、急にそんな」

「急にじゃ、ないんだよ。そうだよね、夕作」

竹田の問いに頷くと、遠藤は少し複雑そうな表情をした。

「知ってたのか」

「……ごめん」

「いや……」

「志帆ちゃん、教室戻ってくるよね。鞄、置いたままだし」

野中の落ち着いた声に、竹田が頷く。

「森平に職員室に連れてかれたから……遅くなるかもだけど、待ってれば、帰ってくると思う」

「ここで待とう。何か理由があって悩んでたり、今まで言いづらいようなことがあったんだとしたら、聞きたい。今日聞かなきゃダメな気がする」

小さくて、どこかあどけなさの残る容貌の野中だが、真剣な時の彼女はやはり何か芯のある強さのようなものを感じさせる。

「俺、今日の部活ミーティングだけだから。終わったら、すぐに戻る」

遠藤はそう言って、バッグを担いで教室を後にした。

途方もなく巨大な動物が唸るように、遠くで雷が鳴る。窓の外では小雨が降り始めていた。教室に残っているのは夕作と竹田と野中の三人だけだ。野中は窓の外を見て、竹田は俯いて、静かに、一言も発さずにただじっと待っている。

教室のドアが揺れて、弾かれたように三人がそちらを見ると入ってきたのは遠藤だった。竹田がため息をつく。

「あんだよ」

「いや、あんたか、って思って」

「どんなときでも俺には失礼なやつだな……」

鞄を下ろして、遠藤は夕作の隣に座る。

「マッキー、まだなのか」

「うん」

槙野が森平に連れていかれてから、もう二時間は経っている。長く苦しい沈黙が、淀みとなって教室に充満していた。

空の色がどんどん暗くなって、窓ガラスが鏡へと姿を変え始めるころ。そういえば、と野中が口を開いた。

「埋央ちゃんと夕作君、なんで二人でいたの？」

ギクシャクしてたけど大丈夫なの、ということだろう。

「それは、この前のこと、謝りに……あたしが勝手に混乱して、ひどいこと言ったから」

「そっかあ。よかった……友達同士が喧嘩してるの見るの、辛いから」

野中は安心したように、ほっと息をついて笑った。

ともだちどうし。口の中で、夕作はそっと言葉を転がす。

もう一度教室のドアが揺れる。今度は四人して振り返る。

槙野がようやく、帰ってきた。

「志帆っ」

竹田が椅子を倒す勢いで席から立って、槙野に駆け寄る。槙野は困ったように小さく笑って頭をかいた。

「なんか、皆いる。……ごめん、心配かけた？」

「心配かけた、じゃないよ、もう」

学校内で初めて喫煙が見つかったというのに、槙野は大して動揺しているようには見えなかった。それどころか、どこか面倒臭そうな表情にすら見える。

「ちょっとした出来心だったんだけどね。まさか森平先生に見つかるなんて、思ってなくて。やっぱり慣れないこと、するものじゃないね」

「志帆、お願い。何か悩んでたり、辛いことがあるんなら、話して？　最近ずっと、なんか変だよ」

竹田の懇願するような声音に、槇野の表情が一瞬ひきつる。

「いや、えっと、タバコのこととか、隠してたのは、ごめんね。けどまああれは、隠してた趣味というか。別にグレたとかじゃないから。出来心っていうか」

槇野の声は、焦りや困惑というよりも、苛立ちを含んでいるように聞こえる。早くここを去りたい、とでもいうような。彼女のこんな声は、聞いたことがない。

「マッキー、俺ら、そんなに信用できないか」

「信用っていうか……そんな大げさな話じゃなくて。何にも、ないんだって。本当だから。ごめん、もう一回職員室行かなきゃいけないから、通して」

無造作な手つきで夕作たちをかき分けて、自分の机に鞄を取りに行く。そのまま教室を出ていってしまおうとする彼女の手を、追いすがる野中がぎゅっと握った。

「志帆ちゃん、待って、お願い」

槇野は振り返らない。

「お願い……わがままだけど、もう何にもできないのは、苦しいよ。優しくなろうとしなくて、いいから。私たちに当たったっていいから。だから」

「……っさいなあっ」

誰が発したのかもわからなくなるような、低くて乱暴な声が響く。

途端、鈍い音がして、野中の小さな体が突き飛ばされた。勢いに驚いたのか野中はよろめいて、背後の机に腰をぶつけて尻餅をつく。

暗い教室が、重く静まり返った。

「いっ……」

「ゆっこ！」

竹田が駆け寄って野中のそばにしゃがみこむ。

槙野は、野中を突き飛ばした自分の手を、呆然とした表情で見つめている。

「槙野」

呼びかけると、槙野は訳がわからないといった表情で全員を見回して、スカートの端をぎゅっと握った。

「ごめん、やっぱりもう、無理だ」

燃え尽きる寸前の、ゆらめく蠟燭《ろうそく》のような声をあげて、槙野は走って教室を出ていく。

夕作の足が、反射的に動いて槙野を追う。背後から竹田の叫ぶ声が聞こえた。

長い廊下を走る。マラソン大会以来の全力疾走にふくらはぎが悲鳴をあげるが、今止まるわけにはいかない。

「槙、野っ」

槙野は振り返らない。長い黒髪を振り乱して走る背中に必死で追いすがる。

階段を下る直前でようやく追いつき、彼女の肩を掴んだ。

「離して！」

「槙野、聞いて、槙野っ」

「いやだって、ば！　もう嫌！」

槙野の叫び声が大きく反響して、鼓膜を通じて夕作の脳を揺らす。

抑えつけられ続けた何かが、彼女の体の中で熱を持って暴れ回っている。

「関係ない！　離して！　私に触らないで！」

「まき……」


胸に強い衝撃を感じて、体が大きく揺れた。両目の捉える風景が、不自然にゆっくりと流れる。横に倒れそうになる体を支えようとするが、脚が空を切った。

景色が流れる。体が制御を失う。

目を見開いた槙野の顔が見えた瞬間、階下へと引っ張られる重力を感じた。

心臓が遅すぎる寒気を感じた直後、大きな衝撃が頭を突き抜ける。

15

こおおっ、と水の沸騰する音でゆっくりと意識が浮かび上がる。

眩しさに細く目を開くと、小さい穴が無数にあいた白い天井が見えた。体は分厚い羽毛布団に包まれている。まどろみとは違う倦怠感を覚えて体を起こそうとすると、頭の芯に痛みが走った。

「いっ……」

「あ、起きた？」

シャッとカーテンを引く音とともに野原の顔が見えてようやく、ここが学校の保健室だということに気がつく。

痛みを感じた場所を手で探ると、側頭部に敏感なふくらみができていた。

「ぼーっとする？　頭痛い？」

「ちょっと……」

片肘をついて上半身を起こすと、頭の中がぐわんと揺れた。眉間を指で揉んで目を覚まそうとするが頭が働かない。

「あの……なんで、保健室に」

「階段から落ちたんだよ。覚えてない？」

もやをかき分けるようにして頭の中を探る。宙を舞う感覚と最後に見た光景を思い出して、意識が鋭く覚醒した。

「槙野っ……いたっ……」

大きな声を出すと、響くような頭痛が駆け巡る。

「ああほら、一旦落ち着いて。軽いけど、ちょっとした脳震盪《のうしんとう》を起こしてたから。お茶持ってくるから、ちょっと待ってて」

野原は夕作の肩に手を置いて、カーテンの外へ出ていった。どのくらい寝ていたのだろう。窓の外は夜を何層も重ねたように真っ暗で、ざあざあと激しい雨の音が聞こえる。壁に背中をつけて深呼吸をしていると、野原がマグカップを二つ持って戻ってきた。

受けとって、湯気を立てる水面に息を吹きかけるとスッとする香りが鼻腔をめぐった。ゆっくりと唇をつけてすする。

「すごい雨だね。冷え性にはたまんないよ」

野原が窓の外を見て呟いた。彼女の腕時計に目をやると、針は七時三十分を指していた。

「あの、先生、他のみんなは……」

「ここまで君を運んでくれたのは、遠藤君だよ。今度お礼言っておきなさい。あと、竹田さんと野中さんも、心配そうにしてたよ」

「みんな、今は？」

「とりあえず今日のところは、帰らせた。揉め事に関しては、話は聞いたけどね」

「槙野の……」

野原は黙って頷く。

「先生、知ってるんですよね。槙野の、隠してること」

夏休み前、槙野がいなくなった時の野原の言動は、明らかに事情を知っている人間のそれだった。

「そうだね。私はまあ、こういう立場だし。ちょっと理由があって、色々話は聞いてる。けど、夕作君ももう知ってるのかな、と思ってたけど」

「え？」

「一度、槙野さんがお見舞いに通っている病院に夕作君がいるの、見かけたんだよ」

夕作は口を開けてぽかんとしてしまう。

「どういうことですか？」

「そこ、うちの兄が勤めてるの」

ええっと思わず声があがる。医者をやってるの、と野原。

「学校の夏休み期間中に兄に用があって病院に行った時、たまたま見かけちゃったの。ごめんね、今日まで話すタイミングがなくて」

そういえば、祖母を診てくれていた穏やかな男性医師の仕草や話し方に、どこか見覚えがあると感じていた。まさかとは思うが、そういうことだったのかもしれない。槙野の事情を知っているのも、そのつながりからなのだろうか。ふと横を見ると、丸椅子に自分の鞄ともう一つ、女子のブレザーの掛かった鞄が置いてあることに気がつく。

「槙野さん。まだ学校にいるよ」

「え……」

「青白い顔して、そこに座って君のこと見てた。ちょっと前に、外の空気吸いに行くって出てった」

「そう、です、か……」

一瞬体が動きそうになってすぐ、心が制動をかけた。見たこともないくらい取り乱した槙野の姿が浮かぶ。そして、伸ばした手を拒絶されることへの、諦めに似た恐怖。

まきの、と音を出さずに唇が動く。

「夕作君は、槙野さんに何かしてあげたいの？」

顔を上げると、穏やかな表情の野原がじっと見つめてくる。自分がどうしたいのかもわからなくて、けれど何かをしなければならないという衝動めいた想いだけが、ずっと胸の内側から体を叩いている。

「俺、ずっと、わからなくて……自分が何かできるわけでも、ないのに。でも何もしないのは、正しくないような、気がして」

野原は、うん、とただ頷いて先を促す。

「だって、槙野がいなかったら、遠藤にも、竹田と野中にも会えなくて……みんなと一緒にいられて、嬉しいって思えて」

野原は心底嬉しそうに口角を上げて、頷いた。

「私が知らない間に、たくさん友達ができたんだね」

にんまりと微笑む野原にそう言われて、マグカップの水面に映った自分に目を落とす。

「友達……とか、言う権利はないかも、です」

「どうして？」

「俺……みんなに、隠し事ばっかりして……みんなが心配してたのに、槙野のことも隠して」

「それは、槙野さんのためでしょう？」

「でも、自分のことだって……あ、痣のことも、言ってない、です……誤魔化してばっかり……みんな、優しいのに」

うーん、と、野原が天井を見上げて唸る。

「友達には、なんでも話さなくちゃいけない？」

なんでも。そう言われると、そうではないのかもしれない。けれど話せないことがたくさんあるような関係は友達と呼べるのだろうか。

「例えば私は、子供が産めない、というか、産みづらい体なんだけど。それを仲のいい友達みんなに言ってるわけじゃないし、なんなら言わないまま前の彼とは二年くらい付き合ってた」

「え、あの……そんな話、今俺が聞いていいんですか」

「生徒の指導の方が、私には大事だよ」

野原はそう言って朗らかに笑い、ハーブティーに口をつける。

「なんていうかな……どれだけ深く繋がっても、どうしようもなく分かち合えないものっていうのは、誰もが持っているものだよ。伝えられないことがあったとしても、私が私の友達を好きだと思う気持ちには、嘘はないわけだしね」

野原の右手が、突然夕作の顔へ伸びる。反射的にきゅっと体が強張るが、野原は夕作の肌に触れず、ゆっくりと頬の周りの空気をなぞる。

「だから、これがあるから、内緒があるから、人と繋がることができないとは、思わないでほしい。君が誰かを大事に思うのは、どんなことがあっても自由なんだよ」

恐る恐る顔を上げる。野原は、穏やかな表情で続けた。

「今の君にとってこれは、どうしようもない不運で、憤ることさえ許されない人生の決まりごとのように感じているかもしれない。私も昔、自分の体に対してそう思ってた。でも、どんなに辛いことや認めたくないことも、たった一人でも一緒に抱えてくれる人と出会えたら、もうそれでいいやって思えちゃうんだよね」

たった一人でも、一緒に抱えてくれる人がいれば。

言葉の意図を理解しようと、夕作は野原の瞳を覗き込む。

「違う人に生まれたかったって、何度も思うよね」

そんなこと、毎日、毎朝、思う。朝起きたら、今までの人生は全部、長い長い夢で、鏡には全く別人の自分が映る。そんな子供じみた妄想をいつまでも捨てられないでいる。

「自分のことを好きになれだとか、無責任なことは言わない。けど、自分じゃなきゃ出会えなかった人たちを好きになることは、できるよ」

自分でなければ、出会えなかった人たち。言葉を反芻して黙り込む夕作に、野原はくすりと笑った。

「ごめん、ちょっと話がそれちゃったね。そうだなあ……夕作君は今の槙野さんを見ていて、どんなふうに思う？」

「どんな」

はじめに抱いた感情はきっと、恐怖や不信感といったものだろう。今思い返してみても、ゾッとするような出会い方だ。けれどそれはすぐに、なにか捉えようのない安心感のようなものに変わった。けれど一方的に与えられる温みが増えれば増えるほど、見え隠れする槙野の心の揺らぎに、行き場のない不安や焦燥が胸の隅に吹き溜まった。

竹田の言葉が、ふと耳に反響する。

あの子が悲しいと、あたしも悲しい。

修学旅行の河原で、静かにタバコを吸う槙野の横顔が、消えそうなくらい淡く浮かぶ。

「くるしい」

思わず漏れた声が、少し震えていた。はっとした表情の野原が、夕作を見つめる。

「苦しい、です」

野原は一瞬目を見開くと、何かを堪えるようにゆっくりと頷いた。

「そっかあ。苦しいかあ。苦しいね……」

頷いた姿勢のままの野原が、白衣のポケットに手を突っ込んで、ふうーっと長く息を吐く。顔を上げた野原は一転して笑顔だった。長い睫毛の先が一瞬光って、きれいだなと、思った。

廊下に出ると、びっくりするくらい人気がなかった。雨音はうるさいのに、どこまでも無音だ。

空気が冷たい。この大雨で、どこの部活も生徒を帰したのだろう。大粒の雨が校舎を叩き続ける音だけが延々と響く。

一度、教室に行ってみることにした。物音一つしない廊下は、少し怖い。二階に上がって自分の教室の戸を引いたが、槙野はいなかった。あのとき乱れた机と椅子は、綺麗に整えられている。

三階の一年生の教室も見て回ったが誰もいない。一階に下りて職員室を窓から覗くと、数名の教員が残っているだけでほとんどが空席だった。森平の姿がないのを確認して、なんとなく安心する。

体育館に続く通路の方はもう照明が落ちていて、緑色の非常灯だけがぽつんと灯っている。校舎を出て、雨の吹き込む渡り廊下を腕を傘代わりにして歩く。体育館の入り口は施錠されていないようで、半開きになっている。入り口で濡れた上履きを軽く払って入ると、木製の床がキュッと鳴った。

校庭を照らす数少ない外灯の淡い光が、窓から漏れて館内を薄青く照らしている。舞台のひな壇の端に、座り込む影があった。

やっと、見つけた。

歩み寄って、隣に腰掛ける。木製の段がギッと音を立てて軋んだ。

「……夕作……いる？」

槙野は顔を膝に埋めたまま、声だけで問いかけてくる。

「いるよ」

答えると、膝を抱える腕がピクリと動いて、槙野はゆっくりと顔を上げた。疲れた顔だった。泣いているのかと思ったが、目は腫れていない。ずっとうずくまっていたのか、長い髪の毛が何本か頬に張り付いている。吐く息が白い。冷たい雨に打たれて、体育館の中は冷え切っていた。槙野は白いシャツ一枚で、ブレザーを着ていない。

「ずっと、ここにいたの？」

尋ねると、布が擦れる音と一緒に、無言で頷く。

「風邪、引くよ」

口元まで腕に埋めて、首を振る。仕方がなく、自分のブレザーを脱いで肩にかけてやる。そうすると槙野はまた膝に顔を埋めて、黙ってしまった。

夕作も何も言わず、黙って響く雨音を聞いた。うるさくて、しんとしている。矛盾しているけれど、そうとしか言えない時間だった。

「なんで怒らないの」

急に声が聞こえて隣を見ると、表情のない槙野と目が合う。

「私ひどいことしたよ」

「怒らないよ」

「打ったの、どこ」

槙野の手が夕作の頭に伸びてきて、一瞬逃げそうになるが、気持ちを抑えてぐっとこらえる。細くて滑らかな手が、柔らかく夕作の頭の中をまさぐる。こぶを見つけると、触れるか触れないかくらいのくすぐったい手つきでゆっくりと撫ぜる。

「ごめん」

槙野は手を引っ込めて、律儀に謝ってくる。

スカートの端を、ぎゅっと握って。どうしようもない何かを、体から吐き出せずにいる。

「変なこと、言ってもいい？」

槙野は答えない。俯いて、黙ったまま。いいとも悪いとも言わない。

「槙野が苦しいのが、苦しくて。けど俺、どうしたらいいのかわからない」

そう伝えると、槙野は乾いた声で笑い、床に視線を落とした。

「じゃあ、優しくしないでほしい」

小さく、空気が擦れるような音で呟かれたそれに、夕作の喉から、空気だけが虚しく漏れた。

穏やかな横顔に、何も返せなくなる。

「昨日の夜にね。次の保護者になる人から、連絡があったの。一月に引っ越すんだ、私。東北の、すごく遠い学校に転校する」

次の、保護者。引っ越す。すごく、遠い学校。

槙野の言っていることの意味が、正確に頭に入ってこない。

「転、校？　東北？」

うん、と。あくまで穏やかに、槙野は頷く。

「なんで」

槙野は高い天井を見つめたまま、固まってしまう。ややあって、彼女は突然立ち上がって数歩、前に歩いた。

そのまま数拍置いて、また話し出す。

「私の両親、私が物心つく前に事故で死んじゃったんだって。だから小さい時から、血が繋がってるのか繋がってないのか、よくわかんない人たちの家を回ってるの」

それでさ、と、続けようとする槙野の声が、ピタリと止んだ。

「今言おうとしてること、聞いたら多分夕作、私のこと嫌いになる」

彼女の声音からは、緊張とか不安だとかいう類のものではなくて、定められた決まりを告げるような、冷たく硬質なものを感じた。

けれど何も知らないままでいる方が辛いことを、夕作はもう知っている。

「わからないけど、多分そんなこと、ないと思う。だから聞かせて」

そっか、と小さく返ってきた声は少し揺れていた。後ろ手の指を絡めて、槙野は静かに語りだした。

　初めてそのことを知ったのは、小学生になる前だったという。近所の公園にいる子供たちが、お父さん、お母さんと呼ぶような存在が自分にいないことに、幼い槙野はふと気がついた。

「幼稚園とか保育園には、行ってなかったんだけどね。近所の子たちは夕方になると優しい顔した大人が迎えに来るんだけど、私にはそれがなかったから、なんか違うな、って気づいたんだ」

　その時の保護者だった女性は、血は繋がっていたらしいが、血縁上自分にとって何にあたる人だったのかは未だにわからないという。夫には先立たれていて、家にはあまり帰ってこなかった。女は槙野に手料理を与えたことが一度もなかった。

「小学生になる年齢になってたんだけど、私、小学校も知らなくて。七歳になる前くらいに、スーツ着た大人の人が家に来て、私をあの人から引っぺがした。それで、普通の子供がどうやって育てられてるのか、教えてもらったんだよね。今思えば、そんなの知らない方がよっぽど幸せだったんだけど」

　それからは、血縁関係のあるらしい、親戚のような人の家を何軒も回って生活した。けれど彼女を家族として受け入れた家は、一つもなかった。

　語られる物語が体の中に流れ込み、鈍い悲しみが夕作の内臓を締め付ける。

夕作は相槌も打たず、ただ黙して耳を傾けた。槙野が感じてきたであろう永く冷たい苦しみに、心を重ね合わせたかった。けれどどれだけ想っても、そこには想像の及ばない暗い淵が見える。

他者の孤独に名前をつけることはできない。してはならない。

歯痒さに、体の芯が震える。知って、受け止めたいと思っていた彼女の過去の激動が、寄せては返す波のように夕作の足元を揺さぶる。

「どこに行っても、あんまり……ていうか全然、うまくいかなくて。嫌だなって思うこと、たくさんされて。家でそんなだから、学校でも友達作るなんて、できなくて……知らない大人が何人か集まって私の押し付け合いをしてる時に、あの人が、来てくれたの」

あの人、と口にした時、槙野の声が少しだけ体温を取り戻した。

「修介おじさんと暮らした時間は、生きてきた中で一番、あったかかった。あんな幸せがあるなんて、知らなかった」

中学三年生の春、槙野がもっとも荒れていた時に、仲畑修介さんは迎えにきたという。彼は土木の現場で働いていて、体格がよく歯を見せて笑う男だった。けれどそんな日の光の似合う風貌とは裏腹に、素朴な食事が好きで、休みの日は家でタバコを燻らせながら本を読み、花瓶の水を毎朝汲み替える繊細な人だったという。

静かで穏やかな時間を過ごす中で、尖りきっていた槙野の神経も少しずつ柔らかさと潤いを取り戻していった。
「気づいたんだ。優しい人がそばにいてくれれば、私も優しくなれる。そうすれば、私の周りに優しい人が集まってくる。幸せでいられるって……でも、おじさんは去年突然倒れて、目を覚まさなくなった。もともと、病気を持ってたらしいんだけど。病状が抑えられなくなったって、お医者さんから言われて。布団の中でどんどん弱って痩せて、ああ、この人は本当にいなくなってしまうんだってはっきりわかった時、本気で怖くなった。この人がいない世界で生きていくなんて、苦しすぎる。おじさんと出会う前の自分になんて、二度と戻りたくないのにって」

言葉の放った温みが空気に溶けてなくなって、槙野はまた黙りこくってしまった。

夕作は言葉を待った。同情や共感の言葉は売るほど思い浮かぶが、その全てが喉に至る前に体の中で消える。それは適切ではない。誠実ではない。今ではないと、体がそう思っている。足元を濡らす波の冷たさにじっと耐える。

雨脚はどんどん強くなっている。窓の外で降りしきるそれは速度と密度を増して、蠢く白い動物のように感じる。ざざんっとひときわ大きく雨が窓を打つ音と一緒に、槙野が振り向く。
「忘れないために、ずっと、おじさんを側に感じているために、お見舞いの帰りにおじさんと同じタバコを吸うようになって。おじさんが倒れて半年くらいが経ったあの日、あの夜の公園で、夕作に会った」

詫びるような瞳が、夕作をまっすぐに見つめる。表情の訳を探るように覗き返すと、彼女は目を伏せてしまう。

「夕作のコンパクトを見つけて返した時、思いついたんだ。おじさんがいなくなっても、私が今の私であり続けるための方法」

「どうして」

「教室で見てた夕作のこと、ずっとどこかで、見下してた。昔の私にそっくりに見えたから。自分で自分のこと、世界で一番かわいそうなやつだと思ってる、周りのこと何も見てないイタいやつなんだろうなって、思ってた」

夕作に話しているのに、誰にも向けられていないような、そんな声音だった。淡々と吐き出される彼女の言葉を、ただ受け入れた。

「私が関わってこの人が変わったとしたら、私がおじさんみたいな人間になれたことの証明になるって、思った。私はもう、一人でも大丈夫だって思える。だから夕作と仲良くなろうと思った」

最低だよね。と、消えそうなくらい小さな声が聞こえた。

窓ガラスがガタガタと揺れる。けれどその喧騒は夕作の耳には入っていなかった。胸の内を明かした槙野の声だけが、夕作が今感じられることの全てだった。

「でもさあ。そんなの全部勘違いだったね」

槙野はふいとそっぽを向くと、取り繕うように冗談めかして笑った。遅れて、膝丈のスカートが波のように揺れる。

「夕作はさあ、おばあちゃんっ子で、不器用だけど友達思いの、優しい子だったね。全部全部、私の勝手な勘違いだったよ。あー、イタいなあ。超性格悪い。めちゃくちゃ汚い。こんなんじゃさあ。こんなんじゃ……こんなのじゃ……」

水面に波紋が浮かんでゆっくりと凪いでいくように、槙野の声がかすれて、消える。

震える槙野の感情に呼応するように、自分の胸が窮屈になるのを感じる。そして衝動的に体が動いて、今この時、しなければならないと叫ぶ何かに、突き動かされた。

「槙野」

肩を掴んで、力強く名前を呼んだ。ゆっくりと上がった顔は青白くて、瞳だけが微かに赤い。

「汚くなんか、ない」

ぐっと力の入る瞳孔。わかったような口利くんだね。そんな目だ。槙野は、きっと怒っている。そらさずに見つめて繰り返す。

「槙野は、優しい」

「ありがとう夕作」

即座に返された槙野の声は穏やかで、冷たく刺すような音だった。

「でもそういうことされると余計に惨めになるって、わかんない？」

槙野は乾いた笑顔を作って、明確に突き放す声音でそういった。

悲痛という響きがよく似合う声にたじろぎそうになるが、それを懸命に押し殺す。

「だったらっ」

わんっと、体育館に自分の声がこだまする。

思っていた以上に大きく出た声に自分で驚いてしまうが、目の前の槙野も驚いていて、線の細い肩から手を離して、はあっと息を吐く。

動悸が始まる。バクバクと、聞いたことのない音を立てる胸の器官は本当に自分のものだろうか。

「証明、するから」

宣言するように突いて出た自分の声は、聞いたことがないくらい震えていた。

馬鹿なことをしようとしている。

考え直せ。今ならまだ間に合う。

理性が人格を持って止めようとするが、肉体は使命を与えられたかのように動こうとする。分裂した思考に頭が熱くかき回されて視界が揺れる。けれど体は、どうしようもなく、片一方の道を選んでしまっている。

青く鈍く、雨の光りをためる床に、ぎっと音を立てて足を踏み出した。

「夕作？」

槙野の声が、夕作の背中を追いかける。

薄暗い窓の光が等間隔につくる光の水たまり。一つ一つ越えてゆくたび、跳ねる心臓が足を止めようとする。

横に長い金属の大きな扉。校庭に続く一番大きな出入り口の鍵を内側から外して、金属同士が擦れ合う大きな音を立てながら開く。

ざあっと、雨音が音量を増して、体育館の木の床に風と雨粒が吹き込んだ。

「夕作っ？」

振り向くと、数メートル先から槙野が不安そうな面持ちでこちらを見ている。

「何、してるの」

そんなこと、自分にだってわからない。それが使命であるかのように湧き上がった衝動に、頭よりも先に体が従っている。夕作は問いかけに答えず外に目をやり、校庭に目を向ける。深く深く、深呼吸する。肺胞がうまく酸素を取り入れられず、喉と胸がふるふると震えた。


叫ぶような大雨に、一歩、踏み出す。

後ろから槙野の声が聞こえたが、全身を打ち付ける水の音に掻き消された。一歩、また一歩と、豪雨の槍の中へ分け入っていく。

心臓が、胸を突き破らんばかりに脈打つ。

息の仕方がわからなくなりそうだった。こんなことをして、本当に意味はあるのだろうか。今更ながらそんな問いが渦巻く。それでも、今ここで、相手は槙野でなければいけないと、定められたようにそう感じた。

きっと、しなければいけないのではなくて、自分が今そうしたいと、思ってしまっただけなのだけれど。けれど苦しいままが、もう嫌だった。

両手でうつわを象《かたど》ると、それは途端に雨水で満たされた。

手のひらの小さな湖面に、臆病なまぼろしが映る。


へんなの。

びくりと、肩が震える。あの日の子供の声が聞こえた。バタバタと銃弾を受けるように湖面は激しく揺れて、明快な像を結ばない。けれどその奥に、はっきりとした恐怖の輪郭を感じる。

雨が痛い。責めるように身を打つ水滴が身も心も冷たくしていく。

雨音に混じって不快な笑い声が聞こえた。周りを見回しても何も見えない。手のひらに視線を戻すと、湖面の奥に密集する何かが見えた。

それは無数の顔だった。自分を虐げ、不躾な視線を浴びせてくる人々が恐怖の塊となって夕作を見つめ返す。

恥ずかしいやつだ。

父親の声がはっきりと響き、思わず両手を離すと溜まった水が流れる。

できない。できないのか？　ここまで来て？

苦しい。息ができない。怖い。どうしよう。浅い呼吸を繰り返す胸を鷲掴みにして、ぐっと力を入れて踏ん張る。振り返ると、槙野が体育館の出口の近くまで歩いてきていた。

ダメだ。

石のように硬い腕を何とか動かして、もう一度両手に水を溜める。懸命に呼吸を整え、もう一度その湖面と向き合った。

そこにははっきりと、怯える自分自身が映り込んでいた。

今この瞬間だけは、決して引き返してはならない。歩みを止めてしまったら、もっと巨大な後悔に必ず押し潰される。

証明しなければならない。槙野の静かな強さと、確かな体温を。

これ以上彼女に、自分は汚く惨めな人間だなんて、絶対に言わせたくない。言わせてはならない。


水のかがみの内側にいる自分自身へ、問いかける。

行こう。

見つめ返す自分の頬に雨が線を引き、恥ずかしそうに内側の赤色を見せた。


ぱしゃっと、雨水が顔で弾ける。空を見上げ、降りしきる雨と一緒に震える両手でゆっくりと頬を撫でる。手首を伝う雨水に白い濁りがなくなるまで、それを繰り返した。

仮面が流れ落ちる。まるで、裸になってしまったように感じる。

雨音の隙間から、槙野の声が聞こえる。

行かなければ。

踵を返して一歩踏み出すと、上履きがぬかるんだ校庭の砂利を抉る。その小さな盛り上がりさえもが、またもや歩みを止めようとする。

暗さと雨のおかげで、槙野にはまだ何も見えていない。未だ決意と不安が激しくせめぎ合う中、一歩、もう一歩とその足を進めた。

コンクリートの低い段差を上り、体育館に足を踏み入れると体から滴る水滴がパタパタと撥ねる。

「夕作、どうしたの……？」

「待って」

こちらに歩み寄ろうとする槙野を声で制止する。薄青い窓の光の中に立つ彼女と、光の外側から対峙した。ぎゅっと制服の胸元を握ると、シャツが蓄えた水がにじみ出して腕を伝う。

槙野からこちらのことは、薄暗くてよく見えていない。不安と困惑の入り混じる表情が見える。

呼吸が震える。煮えたぎるほど心臓が熱いのに、体は冷え切っている。ほんの少し、光の矩形に足を入れると、上履きのゴムが青白く晒されて水滴がきらめく。

もう一歩。もう、一歩。光の中に、二人分の影が落ちる。

ゆっくりと、顔を上げる。ピタリと目が合う。

じわりと見開かれるまぶた。その睫毛が一本ずつ揺れるのが見える。

祖母のかけてくれた魔法が、解けてしまった。

視線になぞられる肌が燃えるように熱い。まるで裸を見られているかのような恥ずかしさに全身の産毛が逆立つ。内臓の全部が締め上げられるような、実像のない痛みが全身を駆け抜ける。黒々した目の動きを、今、この世界の何よりも鋭敏に感じる。

肺が硬い。

体育館が、真空になってしまった。

槇野は動かない。小さく口を開けたまま、夕作の顔からピタリと視線をそらさずにいる。

「怖かった。ずっと苦しかった」

瞳が、言葉を探している。

「教えて」

こわばって動かないかもしれない。そう案じた自らの唇は、思ったよりもはっきりと動いてくれた。

「今、どう感じてるか。俺の、こと」

聞きたい、と続けた声は、隙間風のように掠れて消えた。

カタン、と上履きが小さく音を立てて、槇野が一歩こちらに近づいた。白い腕が伸びて、指が夕作の頬をなぞろうとして止まる。

「痛いの？」

首を振って、生まれつき、と答えると、彼女は夕作の頬の雨水を拭った。傷痕に触れるような、丁寧な仕草だった。

「ありがとう、って、思う」

そう、静かに、まっすぐに言った。

「それから、ごめんなさいって」

「どうして、謝るの」

問いかけると、槙野は何かを噛みしめるような表情をつくって瞳を閉じる。降ろされたきれいな睫毛から光が染み出した。

「今、夕作のこれまでを、勝手に想像して、勝手に悲しくなってる。こんなに自分勝手で、ごめん」

槙野の、透き通る鏡のような瞳に、夕作の姿が正面から映り込んだ。

荷物を抱えた子供が佇んでいる。人から押し付けられたものと、自分自身が作り出してしまったものがないまぜになって膨れ上がった、重くて冷たい荷物だ。目の前にいる、弱くて、少し狡くて、なのに強くて優しいこの人は、荷物を抱える腕に手を添えてくれている。彼女が汚くて惨めだというその手に、今この瞬間も支えられている。

目元がぎゅうっと熱を持ち始めていることに気がつき、力を入れて堪えた。今、本当に泣きたいのも、辛いのも、きっと槙野の方だ。

「やっぱり槙野、汚くなんかない」

槙野が目を見開く。震える瞳が夕作を見た。

「そんな風に言ってくれた人、初めてだから」

ゆるゆると首が横に振られて、槙野の涙が床を撥ねる。

「優しい。きっとずっと変わらない。おじさんが、優しいんじゃなくて。槙野が、優しい」

「ち、ちが、う」

おぼつかない足取りで後ずさって、槙野は窓の光の外へ出た。

「私に、私自身が持ってる優しさなんて、ひとつもない。全部もらいものなの。おじさんがくれたあったかくて柔らかい気持ち、さも自分のものみたいに振りかざして、横流しして、自分をそういう風に見せようとしてただけだよ。でもダメだったじゃん。みんなに当たり散らして、夕作に怪我させて、私に、私に汚れてないところなんてひとつもない。私は誰にも優しくなんてなれない」

自分自身を刺すように、槙野の震えた声が響く。

きっと幼かった彼女は、冷たい濁流の中で溺れ続けて、自分の中の温度を感じられなくなってしまった。だけど槙野が見つけられなくても、遠藤や、竹田や、野中は知っている。彼女に接した人は、彼女が確かに持っている体温を知っている。

「槙野」

名前を呼ぶと、槙野は怯えた瞳で見返してくる。

槙野の抱える重さを、冷たさを、この手に分けてほしい。

非力で、どうしようもなく幼い自分に、ほんの少しでもいいから、あなたの弱さを預けてほしい。

一歩踏み出して、槙野の袖を握った。重なった布の薄さを確かめて、奮い立って指に触れて、それから手を握った。

冷え込んだ肌の芯に残る温度を感じて、口を開く。

「遠藤も、竹田も野中も、ずっと槙野にありがとうって思ってる。みんな教えてくれた。槙野のことを大事に思ってる理由。槙野がどんなに自分のことを汚く罵っても、みんなは、槙野が優しいって知ってる」

槙野の手が小さく震えて逃げようとする。少しだけ力を込めて握りなおす。

「俺も知ってる。だから、聞いて槙野」

ゆっくりと、握った手を引いた。蚊も殺せないような弱い力に、それでも槙野は恐る恐る、ほんの少し体を前に傾けた。

「俺、自分のことが好きじゃない。弱くて、臆病で自分勝手で、なんにもわかってない」

夕作の力に応えて小さな一歩を踏み出した槙野の足が、窓枠の光にかかる。

「けど、俺じゃなきゃ、槙野に会えなかった。俺が俺じゃなかったら、槙野は見つけてくれなかった」

足音も立たないくらいゆっくりと、槙野が歩みを進める。夕作の声に引かれて、身を沈めた冷たい流れの中から上がってこようとしている。

「見つけてくれてありがとう」

言葉を装飾せず、混じり気のない肯定を伝えたい。これまで槙野が受けてきた傷や心の在りようを理解するだなんて、そんな傲慢なことはできない。今の自分にできる唯一の正しい行いは、感謝を伝えることだけだ。

あなたに会えて、嬉しい。まとまりのない、拙い言葉と感謝をどうか受け取ってほしい。

「槙野ありがとう」

導かれるように少しずつ歩む槙野を、窓から入る外灯の淡い光が、柔らかく照らした。輪郭のぼやけた二人分の薄い影が、互いを支え合うように光の中に重なっている。

槙野は唇をぐっと引き結ぶと、小さく首を振って、俯くように浅く頷いた。掠れたリコーダーのような声が、ゆさ、と名前を呼ぶ。

「怖いよ」

「うん」

「私、もう戻りたくない」

槙野はかすかな力で、夕作の手を握り返した。喉を揺らして空気を吸い込み、詰まった栓を引き抜くようにゆっくりと息を吐く。

「おじさんのこと、忘れちゃったらどうしよう。おじさんがくれたもの、みんながくれたもの、私、忘れちゃうかもしれない。それが怖い」

槙野は、自分自身の感情を確かめるように、そう紡いだ。

不安や苦しみを言葉にするということは、それを感じている自分自身と目を合わせるということであり、こころの急所を告白することに等しいと思う。

けれど槙野は今、前に進むために、懸命に弱さを差し出してくれている。

私どうすればいい。

こぼれ出した問いに、夕作は可能な限り誠実に答えたかった。過不足なく、自分にできる最良の形で、少しでも安心を与えたかった。

「じゃあ、会いに行く。会いに、行かせて」

夕作がそう言うと、槙野は少しだけ首を傾けて夕作の目を見た。

「会って、槙野が俺にくれたもの、また伝える。槙野はずっと大丈夫って、伝えさせてほしい」

言葉にすると、それは彼女への答えであると同時に、自分自身の願いでもあると気づいた。槙野が、遠くに行ってしまうのが、自分に多くを与えてくれた存在と離れるのが、夕作は怖かった。だから約束が欲しかった。どれだけ細く頼りないものだとしても、自分と槙野をつなぐ、一本の糸が欲しかった。

「まだありがとうって、言いたりないから。きっとこれからたくさん時間が過ぎて、そしたら、槙野からもらったものの大切さに、槙野が持ってる優しさに、もっとたくさん、気づけると思うから」

それじゃあだめかな。

伺いをたてるように見つめると、槙野はぎゅっと眉根を寄せて俯き、夕作の手を強く握り返して何度も頷いた。


ありがとう夕作。


静かに、柔らかく空気が震えるのが聞こえる。槙野の頬を淡い光の線が伝って消えた。

そうしてしばらく、雨の音に身を溶かすように、二人してじっとしていた。繋いだままの手の中で増していく温度が、二人の間にある約束を確かなものにしてくれるような気がした。

タバコの匂いがする。

そう言うと、彼女は少し嬉しそうに笑って、すんと鼻を鳴らした。

夕作、お化粧の匂いしないね。

言われて、恥ずかしくて下を向くと、くすぐったそうな笑い声が聞こえた。

無意識に手がコンパクトを探った。ポケットの上から膨らみを握ると、シャリシャリと不自然な音がする。コンパクトを取り出して開くと、階段から落ちた時のせいか、手鏡の部分が割れて大きなヒビが入っていた。

エピローグ

雪にまどろんだ青白い世界を、小さな光の列が走っている。緩やかな曲線を描く一本の鉄路を辿って、クリーム色の列車が揺れる。数少ない乗客のほとんどは、マフラーかフードに首を埋めて眠っていた。

雪原を抜けて山間を走り、短いトンネルを抜けると少し大きな駅が見えてくる。列車はもうすぐ終着駅に着こうとしていた。

先頭車両がホームへと滑り込み、穏やかに減速する。車体が立てるくぐもった高い音を目覚ましに、乗客たちは目をこすりあくびをする。

終点、終点です。お忘れ物のないようご注意ください。

開いたドアから吸い込まれるように冷気が入り込む。録音された丁寧な女性の声が響き、乗客たちは荷物を抱えてゆっくりとホームへ降りていく。

男の運転士が席を立ち、忘れ物や寝過ごした乗客を確認するため先頭車両から順に歩いていくと、リュックサックをお腹に抱え、フードを被って眠る少年が座っているのを見つけた。

「起きてください。終点だよ」

肩を揺さぶると、少年はとろりとまぶたを開けて運転士を見返した。左手に握りしめていた縦長の封筒がかさっと音を立てて落ちる。「夕作まこと様」と書かれた宛名の横に、駅の名前だろうか、漢字二文字くらいの名前がたくさん書き込まれている。意識が覚醒したようで、きょろきょろと周りを見渡すと、ごめんなさいと頭を下げて立ち上がる。

「ちょっとちょっと、これ」

リュックサックを背負い直して慌てて降りようとする背中を呼び止めて、封筒を拾いあげる。

少年はあっと声をあげ、封筒を受け取って大事そうに握り直した。

「ありがとうございます」

丁寧な仕草で頭を下げると、少年は小走りで列車を降りていった。


はふっと息を吐くと、湯気のように白い息がもくりと昇って空気に溶けた。地元を出た時は雪なんて降っていなかった。鈍行に乗って北上するにつれ、景色は白銀に変わっていった。

フードを下ろすと一枚の桜の花びらが舞って、遠くへ去っていく。昨日着ていたとき入ってしまったものだろう。
夕作は大きく掲げられた駅名を見上げて、手元の封筒と見比べる。
まだまだ、目的地へは程遠い。乗り換えのメモはともかく、大切な手紙を危うくなくすところだった。

乗り換え口へとつづく黄色い階段を上って、改札で駅員に切符を見せる。別のホームへ下りてしばらく待つとすぐに体が冷えてきた。持っている中で一番暖かいコートを着てきたが、それでもまだ足りないらしい。周囲を見回しても待合室はなく、自販機で買ったコーンポタージュの缶を握って体を小さくした。

まだかまだかと待っていると救いのように電子音が流れ、黄色い車両がゆっくりと停車してドアが開く。乗り込んで席に着き、すっかり冷めてしまったコーンポタージュを一旦窓辺に置いて、手に握ったままの封筒を見つめた。

その手紙が送られてきたのは、年が明けてすぐ。一月の頭ごろだった。「夕作まこと様」と書かれたシンプルな封筒の差出人の名前に槙野志帆、と書かれているのを見て、慌てて封を切ったのは記憶に新しい。

『お久しぶりです。元気にしていますか？　約束、覚えてくれているでしょうか』

几帳面な文字で綴られた始めの一文に目を通した時、あの夜のことが鮮明に思い出された。

一昨年の十月。雨の夜の体育館で、引きずるようにして生きてきた互いの荷を受け止めあった感覚が、強く頭に刻み込まれている。

会いに行く。会いに、行かせて。願いのような約束を、槙野は忘れずに覚えていてくれた。

去年の一月、遠藤たちと一緒に槙野を見送った日から、夕作は槙野と一切の連絡を取っていなかった。なぜだかメールや電話をすることに、意味を感じなかったのだ。中途半端な形で繋がったままでいると会えなくなってしまうような、漠然とした不安もあった。

もう一度感謝を伝えに行く。その気持ちを忘れたことは、決してなかった。

『もしよかったら、そっちの卒業式の次の日、会いにきてくれませんか。会って、私と話して、教えてください。今の私を、どう感じるか――』

アナウンスで次の停車駅が読み上げられ、夕作は乗り換えのメモを確認した。この路線は終点までは行かずに、途中で降りなければならない。乗り換え十四回。気が遠くなりそうな回数だ。もし降りる駅を間違えてしまったら、終電までにたどり着けるかどうか怪しい。

列車のフレームがまた新しい街を宿した。分厚く防寒をした人々がまばらに乗り込んでは、安心したように息を吐いて座る。移り変わっていく景色を眺めているのは飽きなかった。

高校生の夕作にとって、距離は、時間であり障壁で、絶対だった。槙野は手が届かない彼方にいるかのような心地がしていたが、長い長いこの道を辿った先に、彼女は確かにいる。

乗り換え予定の駅に停車し、リュックサックを背負い直して席を立つ。先ほどよりも雪の調子は穏やかに見えるが、体感温度はさらに下がった気がした。

次の路線を確認し、ホームを移動する。幸いにもこの駅には待合室があった。十分ほど待つと目当ての列車が到着し、空いた車内を見回して席についた。この路線はこのまま終点まで乗る。また寝過ごして封筒を落としてしまわないよう、リュックサックにしまうことにした。ファスナーを開けると、荷物の一番上に、三通の手紙が重なって入っている。今朝、友人たちから預かったばかりのものだ。

持っていた封筒をその間に挟んでファスナーを締め直す。

ほとんど始発くらいの時間だったのに、三人とも大きな駅まで見送りに来てくれた。目的は手紙と、卒業式で四人で撮った写真を夕作に託すことだ。

「新幹線じゃないから、すごい時間かかるでしょ？　気をつけてね」

心配げに見上げる野中が、これあげるね、とカイロを何枚か渡してくれた。

「ありがとう野中」

「なんかやっぱ、ずるいなあ。夕作だけなんて」

むすっとした竹田が、拗ねたような声を上げる。

「あたしだって、早く志帆に会いたいのに」

「まだ拗ねてんのかよ」

「拗ねてないっ。ほんとうるさいな、あんたそんなんだから浪人すんのよ」

「お前、人のデリケートな部分をよくもそんなあけすけに……」

部活を引退して少し髪が伸び始めた頭を掻きながら、遠藤が言う。

遠藤に悪態をつきながら、でも、と竹田は続けた。

「まあ、二人のことちゃんと色々話してくれたし、納得してるよ。約束、だもんね」

「ごめん竹田。ありがとう」

夕作が感謝を伝えると、竹田は肩をすくめて笑う。預かった手紙をリュックサックにしまっていると、遠藤が肩を小突いてきた。

「それよりお前、なんか今日いつもより肌白いな。ちょっと化粧濃いんじゃねえの？　久しぶりにマッキーに会うから、緊張してんだろ」

「そんなこと、ないっ」

恥ずかしくなって、肘で遠藤のみぞおちを打つと思ったより深く入ったらしく、腹を折ってうほっとむせた。

「ご、ごめん、やりすぎた」

「いいよ夕作。ほんとデリカシーないなこいつは。そんなんだから浪人すんのよ」

苦しそうに腹を抱えながら、お前、二回も、と重ねてダメージを受けた遠藤は呻いていた。

「俺、今日化粧変かな？　大丈夫、かな」

不安になって尋ねると、竹田はニコリと笑って頷いた。

「全然大丈夫。綺麗だよ」

「……ありがとう？」

その返事もなんだか違う気もしたが、一旦礼を言っておくことにした。それからしばらくして発車の時刻が迫ると、夕作ははにかんで三人に手を振った。

「行ってきます」


いくつもの電車を乗り継いだが、車窓からは時間を感じづらかった。

雲の外側では日が昇って、緩やかに沈み始めているのだろうが、雪が全ての光から色を奪って均一に馴染ませている。それでも確実に時は過ぎていて、白かった世界は気づいた時には濃紺に塗りつぶされていた。

　座っているだけでも体力は使う。何時間も同じ姿勢でいるのだから、疲れるのは当然だ。体は随分と遠くまで運ばれてきた。路線は一度も間違えなかったし、到着時間も調べてある。それでもここまで遠いと、不安になってくる。

　あとどれだけ進めば、槙野に会えるのだろう。

　最初に何を伝えればいいのだろう。彼女は、どんな言葉を欲するのだろう。

　次の乗り換えはもうしばらく後になる。尻と腰が痛くなってきて、伸びをして姿勢を正すと、夜色の鏡になった車窓に映る自分と目が合った。

「三年間、ありがとうございました」

　深く頭を下げると、頭上から朗らかな笑い声が聞こえた。

「恥ずかしいから、そんな改まらないでよ。ほら、顔上げな」

　言われて顔を上げると、いつも通りの困り笑いのような顔の野原がいた。いつもと違うのは、卒業式のために礼服を着ているところだ。

「ほとんど仮眠室みたいな扱いしてくれちゃってたくせに、随分礼儀正しく挨拶してくれるんだね」

「それは、ごめん、なさい……」

からかっただけだよ、と野原は夕作を椅子に座るように促した。

「まあ最後に一杯飲んでいきなよ」

野原は居酒屋のような台詞を言ってマグカップを二つ手にとると、ケトルからお湯を入れていつものハーブティーを出してくれた。野原の事務机の前に二人で腰掛けて向かい合う。

こうして話をするのも、今日が最後なのかもしれない。

「みんないつかはこの日が来るもんだね」

睫毛を伏せてハーブティーをすすると、野原はマグカップを置いて夕作に向き直った。

「改めて卒業、おめでとう。三年間、よく頑張ったね」

「……ありがとうございます。でも、別に頑張ったことは、特に何もないです。部活もやらなかったし、勉強だって、普通です」

そう返すと、野原は柔らかく笑ってゆっくりと首を振った。

「頑張るっていうのは、何かを成し遂げたり、成果を得るということを指すだけの言葉ではないよ」

曖昧に頷くと、歯切れが悪いなあと、野原はまた笑った。

それから少しの間、静かな時間が続いた。

「先生、俺明日、槙野に会いに行くんです」

夕作が言うと、野原は一瞬ハッとした顔をしてから、そっか、と穏やかに頷いて、思い出すように遠い目をした。

「私は結局、あの子には何もしてあげられなかったな」

「そんなこと、ないと思います」

すぐにそう返すと野原は驚いた顔をした。

「やけに自信ありげだね」

「俺が感じてるみたいに、槙野もきっと、先生にたくさん助けられてたと思います」

男らしくなっちゃって、と野原は嬉しそうに、そしてほんの少しだけ寂しそうに笑った。

「俺、槙野の前で、ちゃんと、したいんです」

「ちゃんと？」

「自信を持って、これまでたくさん感じたいろんなありがとうを、伝えたくて。少しでも変われたって、感じてもらいたくて」

槙野のおかげで今の自分でいられると、伝えたい。けれどやはり、不安なのだ。そんなに胸を張れるほど、自分は変わったのかと。本当に槙野を安心させられるか、確信なんていうものはどこにもない。

「先生。今の俺、どんな風に、見えますか」

問いかけると、野原は夕作の目を見つめ返して微笑んだ。

「そんなの、鏡見ればわかるでしょ」
変われているだろうか。少しでも前を向けているだろうか。
槙野に会えたら、それを確かめられるのだろうか。

最後に乗り継いだ列車は単線だった。時刻は二十二時を回っていて、乗客も少ない。列車は純白の暗闇を進んだ。

突如、本当に槙野に会えるのか、理由もなくそんな不安がよぎった。一年以上もの間声も聞いていない彼女は今、本当にこの鉄路の先にいてくれるのだろうか。

ここまで来て考えるようなことではないだろう。

弱気になる自分と脈打ちだす心臓を制して、夕作は到着の時をただ待った。

それから、三十分ほど経っただろうか。運転士が、目的の駅の名前を読み上げた。顔を上げて見回すと、乗客はもう、自分一人しかいなかった。列車は小さなホームの前で停車し、夕作は立ち上がった。少し待ったが、ドアが開かない。不審に思っていると押しボタン式であることに気がついて、慌てて押してホームに降り立つ。

列車は最後の乗客を降ろして夜の先へと消えていった。

雪はもう止んでいるようだ。

針のような冷気が頬を刺す。大袈裟なくらい白い息に、思わず身震いした。

ここが、槙野のいる町なのだ。

ホームからは背の低い家々と商店街、それからほぼ雪原と化した田園が見渡せる。冬という言葉がこんなにも似合う町を、夕作は初めて見た。何十年も雪に包まれ続けているのではないか。そんな印象さえ受ける。

駅員に切符を見せて、改札の外に出た。

街灯はそこまで多くはないが、路面を覆う雪が暖色の柔らかい光を照り返して、暗い町という印象は受けない。

駅を出てすぐの商店街をまっすぐに進むと、小さな児童公園がある。槙野はそこで待っていると、手紙に書いてあった。

商店街は年季の入った建物が立ち並び、ほとんどの店はもう店じまいをしていて、住居になっているのであろう二階の窓から明かりが漏れている。

風の音すら聞こえない静けさに少し臆病になる。

サク、サク、と、雪を踏みしめながら一歩ずつ進んだ。

待っていて、くれるだろうか。

初めて訪れるこの北の土地で、本当に彼女と会えるだろうか。

小さな商店街を進む時間を、これまでの全ての道程よりも果てしなく感じる。それでも前へ進んだ。

緊張のせいか、距離や時間の感覚がなんだか曖昧だ。かなり歩いた気もするし、改札を出てから五分と経っていないような気もする。

振り返ってみると、決して立派とは言えない駅舎の光が灯台のように夜を照らしていて心強い。

寒さなどもはや感じない。心臓は跳ね続け、身体に熱を送り続ける。

黙々と雪道を踏み締めていたそのとき、夕作は不意に足を止めた。

商店街の通りから脇道にそれる角、そこに小さな公園が見えた。


あの夜と重なる。幾つもの夜が、重なる。


突き動かされるように足を進めた。

入り口には、錆びた黄色い金属の柵。

一台のブランコと、地面から半分顔を出したタイヤの列。

その奥の、公園の中央をポツンと照らす一本の街灯に、背中を預けて立つ人影があった。

離れた場所から目が合って、その人はすっくと立ち上がった。
じっとこちらを見て、それから少し短くなった髪を揺らしてゆっくりと歩き出した。
言葉が胸中を洪水のように満たしては消える。
そのどれもが一瞬光っては消え、音にならずに体の中でなくなってしまう。
不安も、期待も、安堵も。
浮かんでは消える感情に翻弄されて、気がついたら視界がぼやけていた。
瞬きするとそれが溢れて、突然のことに夕作は驚く。
目元を拭ってまぶたを開けると、
あははっと、明朗な笑い声が聞こえた。

本書は第九回ポプラ社小説新人賞特別賞受賞作
『シガーベール』を改題・加筆したものです。

ふたり、この夜と息をして

北原一（きたはら・いち）

1995年、東京生まれ。武蔵野美術大学基礎デザイン学科卒。グラフィックデザイナー。本作にて第9回ポプラ社小説新人賞特別賞を受賞。

2020年10月12日　第一刷発行
2022年4月21日　第三刷

著　者　　北原一

発行者　　千葉 均

編　集　　鈴木実穂　門田奈穂子

発行所　　株式会社ポプラ社
〒102-8519　東京都千代田区麹町4-2-6
一般書ホームページ www.webasta.jp

組版・校閲　株式会社鷗来堂

印刷・製本　中央精版印刷株式会社

N.D.C.913/288p/19cm　ISBN978-4-591-16796-0

P8008303

ライオンのおやつ

小川糸

人生の最後に食べたいおやつは何ですか——。若くして余命を告げられた主人公の雫は、瀬戸内の島のホスピスで残りの日々を過ごすことを決め、本当にしたかったことを考える。ホスピスでは、毎週日曜日、入居者がリクエストできる「おやつの時間」があるのだが、雫はなかなか選べずにいた。

単行本

縁結びカツサンド

冬森灯

駒込うらら商店街に佇む、昔ながらのパン屋さん「ベーカリー・コテン」。一家で経営してきたコテンの未来を背負うのは、悩める三代目・和久。日々迷いながらパン生地をこねる和久のもとには、愉快なお客たちがやってくる――。しぼんだ心を幸せでふっくらさせる、とびきりあったかな〝縁〟の物語。

単行本